梦在花树间穿梭

董君莲 著

陕西新华出版传媒集团

太白文艺出版社 · 西安

图书在版编目（CIP）数据

梦在花树间穿梭 / 董君莲著. -- 西安：太白文艺
出版社, 2023.1
ISBN 978-7-5513-2230-0

Ⅰ. ①梦… Ⅱ. ①董… Ⅲ. ①散文集－中国－当代
Ⅳ. ①I267

中国版本图书馆CIP数据核字(2022)第182478号

梦在花树间穿梭
MENG ZAI HUA SHU JIAN CHUANSUO

作 者	董君莲	
责任编辑	张 鑫	
整体设计	悟阅文化	
出版发行	陕西新华出版传媒集团 太白文艺出版社	
经 销	新华书店	
印 刷	成都市兴雅致印务有限责任公司	
开 本	880mm×1230mm 1/32	
字 数	210千字	
印 张	8	
版 次	2023年1月第1版	
印 次	2023年1月第1次印刷	
书 号	ISBN 978-7-5513-2230-0	
定 价	78.00元	

质朴与灵动，都有传承

——序董君莲散文集《梦在花树间穿梭》

◇ 黄亚洲

说董君莲，先要说到董怀旺。我跟董怀旺是同事，也就是说，这本散文集的作者是我同事的女儿。

董怀旺约莫比我大十五岁的样子，厂里都叫他老董。老董原来是政法系统的干部，由于浙江的部分劳改农场当时划归了新组建的浙江生产建设兵团，所以他就成了兵团的地方干部，称"地方干部"是区别于军队干部的意思，因为兵团各单位的领导分别来自军队与地方，当然还有知青当中提拔的；然后，由于兵团第三师又新建了濮院丝厂，他就调来濮院丝厂，当了选副车间的主任。"选副"是选茧与副产品的意思，是丝厂生产线上的第一个车间，也就是蚕茧从厂区小码头上岸之后进入的首道工序。

我常与老董打交道，当然主要是工作上的关系。比如说我要了解生产情况，尤其是轰轰烈烈的"大会战"期间，因为我要及时编辑厂里的"战报"，一找老董，他就会把我拉到车间外做详细介绍，说车间书记怎么好，说组长怎么好，说这个好，说那个好，津津乐道，如数家珍；又比如了解政治方面的情况，涉及有关人员，老董就会对我做出认真思索的样子，然后就是一问三不知，这个不知道，那个不清楚，无一丝口风。我有时候想，老董是个极质朴憨厚的人，但也智慧，大智若愚。

现在说老董的女儿董君莲，以及董君莲的这本散文集。

董君莲后来也进了我们丝厂，融入千把人的知青群体，父女俩同在桐乡县（现桐乡市）濮院镇为中国的丝绸事业打拼，也是一段佳话。而董君莲钟情文学，且以一篇又一篇扎扎实实的文字实践着自己文学梦，更是佳话里的佳话。

看董君莲的文字，也极为质朴，仿佛有精神上的家传。五十篇散文里，无论是身边景物、味蕾记忆、故人旧事，还是对孙辈的疼爱、对父母的怀念，都写得实实在在，不事虚夸，有泥土气息活泼地沉浮于字里行间。

她就这样写父亲："父亲在部队里受过良好素质的训练，即使是脱下了军装他也常常保持着一个军人的姿态。他是这样要求自己的，也用这样的标准来要求我们姐弟三人。他教导我们做人做事一定要钢刀利水，干干脆脆。记得有一次父亲在教三岁的大弟弟唱《大海航行靠舵手》这首歌时，大弟弟把一句'鱼儿离不开水，瓜儿离不开秧'的歌词唱成了'你也不是呀我也不是呀',父亲教了好几遍,大弟弟还是唱得拖泥带水,含混不清的,气得父亲咬着牙说:'你哪像是我的儿子?'引得母亲过来与他拌嘴:'儿子才三岁,你也三岁?'令老父亲没想到的是,长大以后的大弟弟是个绝对的歌唱天才。虽不从事音乐工作,但模仿明星唱歌那是可以乱真的。"

也如此质朴地描写一个姓温的乡人:"我们小孩子在路上行走时,要是哪个人恶作剧地喊一声:温夜壶来了!我们保管会跑得飞起来,还会传来哭喊声一片。我的一个同学就因为这样,磕掉了两颗大门牙。不仅这样,温夜壶还有点赖皮腔。到月底了,他的钱都让喝酒给喝完了,就会到你的家门来讨吃的。一听见门口有嗵嗵嗵的声音传来,妈妈就会告诉我们,赶紧把吃的放好,温夜壶来了!听到这里,我们内心的害怕不亚于'大灰狼来了',大家赶紧乒乒乓乓地关上自家的门。即使是这样,温夜壶也还是会在你家门口高声大喊。不给他吃的吧,四邻听见了难免会说你有点儿小气;给他吃的吧,他的食量又大得惊人。那年月,谁家也不富裕啊!有时候我妈妈气得跺着脚骂他:'你个温夜壶,瘟东西!'骂归骂,我妈妈还是会把家里比较好的吃食拿出来倒在他自己带来的碗里。一是我妈妈要面子,二是这温夜壶嘴比较习,不好吃的东西给他,他还会嫌弃。吃好了,他把嘴一抹,还不忘做出一副绅士的样子说声'谢谢',要么就咧开嘴给你唱一段小曲儿。只有在他唱小曲儿的时候我才不会讨厌他,因为他唱的小曲儿有板有眼,音色好听极了。"

文字里的人物上上下下都有泥土气息，这不光是人物的有趣，更是文字的有趣。

趣在质朴，这是一方面，灵动是有趣的另一个方面。在董君莲的文字描述里，总有神思飞扬的东西，尤其是她写人物对话的那种灵动。比如她写母女俩的对话："母亲说：'你姥爷种蔓茎，我负责做饭。空闲了，也帮着种点。我小啊，做饭没计划，离全部播种完成还早呢，我们的粮食就不够吃了，但空着的地又不得不种。老家人看见地，比看见命还重要。有空的地方就想种上东西，种上了，至少就可以有收获了。'我好奇了：'你们河南人种到人家山西的地界上，不怕有人来偷嘛？'母亲撇了撇嘴：'我的那个天啊，那个地方除了狼会去，谁会到那个地方去呀？！'"

好友建芳的话语，在董君莲笔下，也是动感十足："长久没有下雨了，竹园子里的泥土有点干。建芳怕我们热着、累着，笑嘻嘻地说：'你们在一旁休息一会儿，我来帮你们挖吧。'我急忙说：'不用不用，我们自己来，我还从来没有真正意义上挖过笋呢。你只要告诉我们你竹园里的鞭笋在哪儿就行。'确实，整片竹园打眼望去，地面上是没有一根鞭笋出现的。建芳告诉我：'鞭笋是长在土下面的。'又幽默地反诘了我一句：'你不会以为鞭笋会像西红柿一样长在地上的吧？'"

董君莲调遣文字，也是智慧的，跟她的父亲一样。

既有泥土气又充满动感的文字，读着是很轻松的。你可以随便抽一个下午的时间，泡杯茶，拿起集子读一读；也可以在繁忙中取个间隙，读一篇就放下，有空了，再拿起来读一遍，都没有关系。

关键是，好读。

祝贺我的好同事的女儿，给读者提供了这么一本有趣的文字；可见丝厂是个好厂子，产品纯洁、温润而绵长。

（黄亚洲，曾任中国作家协会副主席，浙江省作家协会主席、名誉主席，嘉兴市作家协会主席，为中国鲁迅文学奖得主。现任中国电影文学学会副会长、中国作家协会影视委员会副主任、嘉兴市文联名誉主席。）

目录

第一辑

第二辑

第三辑

第四辑

第

辑

大楝树下听过的故事

小时候家门口有一棵大楝树，树很大，树冠一直可以盖到房顶上。春天的时候，嫩小的叶子里就会开出一堆一堆烟霞一样的紫花，层层叠叠煞是好看。淡淡的花香也引来成群结队的蜜蜂与蝴蝶。蜜蜂嘤嘤嗡嗡，蝴蝶翩翩起舞，给人一种特别诗意的感觉。

不过，我们每次经过大树底下时，都会加快脚步前进，因为大人告诉我们，这些蜜蜂是蜇人的。这不，前几天，我们班上的一个男同学就被这些蜜蜂蜇过。他两个肿胀的脸蛋与鼻子齐平，眼睛肿成了两个对称的逗号。那天他上学又迟到，立在门口喊了一声："报告！"正在上课的老师也没有阻止我们的哄堂大笑。

天渐渐热了，树顶上的花朵簌簌地落下，像下着紫色的花雨。一阵风吹来，随着簌簌的声音，花朵可以落满行人的肩头。有时，我就故意站在树下，等风吹来，等花瓣儿落在我的头上、肩上、衣服上，然后故意装作不知道，让人家发现，让人家说："呀！你头上都是花瓣儿！"这样，我就可以在我自己设计的场景里偷偷地美一下。

天再热一点儿，在落完花瓣的花托上就会长出米粒大小的青果子。大人们告诉我们那叫"楝树子"，也叫"树卵子"，长大了有毒；又说这种楝树子老了黄了可以做肥皂。

我没管这种果子长大了有没有毒，只是觉得它现在小小嫩嫩的，像个小孩子，十分可爱。

天更加热的时候，我们就放暑假了。那时的楝树子就长到拇指盖大小了，顽皮的男孩子就会拿长竹竿打下一些，或爬到大树杈上直接摘下楝树子。摘下来后用它或追着女同学打，或将楝树子当作皮弹弓上的子弹练瞄准射击。

大楝树很大，树冠的直径阴影范围就成了我们暑假玩耍的阴凉好去处。

清晨吃完早饭，大人们都上班去了，我们就搬出家里的小桌闲暇之余做暑假作业，闲暇之余帮着家里做些剥毛豆、整理小豆芽等力所能及的小活。

大楝树正好在我家的正门稍偏一点的地方，自然，我家门口就是每天最热闹的地方了。白天孩子们嬉闹了一整天后，到了下午的四点左右，大一点的孩子，特别是我，就会从家里拿出一个铁皮铅桶，到离家二三十米的池塘里提水。一桶提不动，就半桶半桶地提。提回家后，用桶里的水一点一点地将大楝树底下的那块水泥地泼湿、浇透，等着母亲烧好晚饭到树下吃"风凉夜饭"。

那时候的大人们也不知怎么了，太阳刚一下山就忙着给孩子们沐浴。给老大、老二、老三都洗完澡后，各自从家里搬出躺椅、竹榻、小桌子、凳子等，找个离家近的地方占了，又让自家洗好澡的几个孩子老老实实地坐在上面，一个一个地往孩子全身的每一个地方都扑上痱子粉。远远望去，孩子们都是白白的，像极了一个个顶着白霜的大冬瓜。

孩子们在树下端坐着的时候，母亲们就去弄晚饭。一开始，孩子们还算老实，只是坐着相互打闹一下。再接下去，就没有了控制力，开始满水泥场疯跑了。直到汗水把大人给他们扑上去的白痱子粉冲成一条条白道道，被妈妈们打着骂着重新回到座位上坐着。

我从小体弱，大热天也会有恙几天。一有恙，母亲就不许我出门，怕风吹得我咳嗽加重。

一天，天已擦黑，我照旧倚在窗台边等着小朋友们的嬉闹声传来。邻居家的哥哥过来对我说："今天我们不玩官兵捉强盗，有一个兵团战士过来给我们讲故事。"

自小我就喜欢听故事，母亲讲的那些七仙女、穆桂英、花木兰的故事我早就听过无数遍了。真想听听这个来自大城市，见过世面的大哥哥或小叔叔讲的新鲜玩意儿。

我央求母亲让我出去，母亲诓我说都是男孩子，没有小姑娘去。我反问道："听故事还分男女的？"

母亲拗不过我，大热天的让我穿上长衣长裤，头上还顶一块头巾才能出去。

只要能出去听故事，我怎么样都行。反正四周邻居都知道我身体弱。

天已经很黑了，大楝树下已经集聚了许多孩子。那个兵团战士早已被孩子们围在了中间。我个头小，被一个男孩子挡住了视线，没办法完全看清那个兵团战士的脸。只见他手里拿着一把绳了边的蒲扇，一边摇，一边有声有色地讲着故事。

故事的内容是那个年月最时兴的抓特务情节。月光下，小伙伴们都屏住了呼气，紧张地聆听着。当讲到"一个月黑风高的夜晚，天空正下着大雨，打着闪电，轰隆隆，天上一个焦雷声传来，窗户突然碎了，一只毛茸茸的大手从破了的玻璃窗外伸进来"时，许多孩子都吓得尖叫了起来，胆小的还紧紧地抱成一团。

看到孩子们吓成这样了，那个兵团战士问："吓着你们了？我们换一个讲讲吧。"那些胆大的男孩子一边掐着自己的大腿，一边说："讲，讲！这就被吓到了，以后还怎么参军打仗啊！"

故事还在继续着，下面的情节就是：这个毛茸茸的大手原来是一个刚从飞机上空投下来的美蒋特务，刚藏好降落伞就碰到了暴雨天。看到前面有一处破旧的房子，想到里面躲躲雨。得到情报的公安人员早就埋伏在里面了，只等他一翻窗进来，七八条黑漆漆的枪管就死死地指着他的脑门，只听见公安人员的声音："不许动，举起手来，再动就打死你！"

末了，那个兵团战士还不忘说："这天也真奇了，抓到这个美蒋特务不久，雨也停了，闪电也没有了。用大手电筒一照一看，这个美蒋特务是个奇丑无比的大麻子脸。"

听到这儿，小伙伴们都长长地舒了一口气，开心地大笑了起来。不一会儿就相互之间用手比画成枪的样子，大声说："不许动，举起手来，再动就打死你！"

就这样，这个夏天，在这个大楝树下，有了这个兵团战士讲故事的盼望，小伙伴们每天的活动内容、行动轨迹似乎规律了起来。早上都会自觉地完成当天的暑假作业，帮家长们干力所能及的活儿。下午也早早地用池塘里的水将大楝树下的余热赶走。吃完饭，等着这个兵团战士讲更好听、更离奇的故事。

这个暑假里，我们听了许许多多反特或打仗的故事，也偷偷听了一些神仙妖精的故事，还听了许多徐文长捉弄人的搞笑故事。

听反特故事惊心动魄；听打仗故事豪情万丈；听神仙妖精故事让我们心生美感；听徐文长的故事让我们感受到了机智、幽默和诙谐。

许多年以后我们都四散开去，我想那个兵团战士也一定离开了那个地方，那块空旷的大楝树树荫下也许再也没有过热闹

的场景出现。只有每年的春天，紫云一般的花朵自开自落；没人陪伴的蜜蜂与蝴蝶也无趣地自娱自乐；青涩的楝树子，俗称的树卵子，从盛夏到秋冬因没人理会而由青转黄，自由脱落一地。

又过了许多年后的今年盛夏，我驱车去寻找我的记忆生长之地。车停在了一条土路旁边，我找到了儿时记忆中的那个池塘。塘边的柳树还在，塘边的岸石依旧。只是发现，这么多年，我长大了，那个池塘却变成了一个小小的水潭。

凭记忆移步二三十米，其他营房都在，而我家居住的小平房不见了踪影。还有那棵大楝树，也不知去向。我蹲下身子，站在大概是大楝树曾经屹立过的地方，伸手抚摸了一下发烫的地皮。

眼前，吹过的风影都是那时的景象。我环顾了一下四周，突然喃喃自语了一声。

我想告诉记忆里这个被热浪包围着的时空，我们离开后一切的变化。

桂花村里有个朱家埭

桂花村自然是以桂花出名的。村内遍植桂花，规模较大。每年的中秋、国庆双节前后，整个村子就会弥漫在阵阵甜香里。

于是，人们就会趁着长假，三五成群，扶老携幼，或悠游在密集浓荫的桂花林间；或就在那棵老桂花王树下，摆上几把椅子，泡上一壶香茶，品茗、闲聊，惬意地度过一下午时光。

我也喜欢坐在那棵老桂花王树下喝茶。只要有可能，我喜欢一个人静静地坐着，无视我身边来来往往游人的流动，并把脑子里的一切杂念都排空，什么也不想，任由树上的花朵簌簌落下来，落在桌上，落在我的头发上，落在冒着热气的茶杯里。

但这种能让我独处的静美时光很少。所以，我就选择在大批游客进来之前或将要散去的时分过来。

好在作为景点的桂花村不收门票，好在我现在的家离桂花村不是很远。

桂花村美则美矣，但季节性极强，每年只有在这个时间节点才可以做点文章热闹一下。我也在不是桂花盛开的节点去过，许多棵有历史记载的，各种品种的桂花树下，只剩下一地老去的褐色残花碎屑，或被人踩在泥里开始腐烂的枯叶。

桂花林依然遒劲得郁郁葱葱，可身边，只有飞鸟栖树林，浓荫照水孤零零的景象，没有半点诗意可言。如硬要写的话还有可能会写出一两句苍凉来。

不知从哪一天开始，我知道了桂花村里有个朱家埭村也是十分秀美，而且就在我们小区正门的东南面，离我们家更近。

朱家埭村是一个自然小村，也就是几十年前我们说的生产小队，隶属桂花村。

我从小在各门功课中，数学相对差些，自己总结了一下，应该是数字概念比较差。就像许多年前母亲让我计算一下做一条布裤头要用多少布料时，我竟用了长乘宽乘高的体积公式得出要用多少布的结果。所以，我是估摸不出朱家埭村的占地或方圆面积的，只知道一味地感受和寻找她的美。

从我们小区向南，有一条崭新的柏油路通向村口。每次进村，我很少沿着笔直的柏油路行进，而是沿着一条弯成弧形的土路进去。因为那条弯成弧形的土路旁有一条小河，河边有许多杨柳，风一吹，杨柳依依的，在水中画出许多涟漪来，河面立马就似活了一样，灵动起来。如有鸟儿听见我的脚步声，会噌地一下飞起来，那整个河面就会方寸大乱。

朱家埭村除了房子的建造与坐落最具江南特色以外，四处的景点也布置得相当合理，因四季的不同，让人感觉村庄就在景中、画中。我有事没事常常会去走走逛逛，让自己也在画中游走一番。

正月末的一天，已经绵绵了好几天的春雨还是没有停息的意思。春寒虽然还有点料峭，但，村外的那三两枝桃花已经开始一朵接一朵地开放。

我手里拿着一把雨伞，带着闹着写作文没有题材的外孙女，去看看那条形成弧度的小河岸边笼罩在杨柳枝上的绿纱有没有浓深一点。

别过绿如烟的杨柳，视野就开阔起来。望远一点，两只白鹭在盘旋；其中一只白鹭金鸡独立般站在水边扭头理着身上的羽毛，洁白的羽毛与碧绿的花草形成了一幅极美的图画。

一个打着伞，手里提着几块桂花糖年糕的妇女迎面向我走来。她看我一眼，我也看了她一眼，我们并不认识，但都相互笑了笑。她说："这个雨下不停哩，走一脚都湿答答的。"我也回答道："就是呀！在家也闷得慌，出来走走，放松放松。"

女人走过桥，向对面的那户人家走去。我看了一下她的背影，忽然觉得她完全具有江南女子那种特有的气质，并且她的声音也很好听，像杨柳岸边的河水声。

别过女子，我沿河继续向南走。雾蒙细雨中，有一队穿着比春花还鲜艳的人，从没有一点发芽迹象的荷花池上的九曲桥上走来。

我驻足了一会儿。

不久，这一队人就来到我的面前，我努力辨别他们的口音，应该是长江以北地区的。

老远就听见那队人叽叽呱呱地、反复地相互询问："这里是不是那种街心口袋公园或是别墅区什么的，环境怎么会这么好的啊，空气又好……"听见他们问的人多了，在经过我的身边时，我就告诉他们："这里是一个村，确切地说就是以前的一个生产小队。"

听见我的话，他们中的许多人停下了脚步，惊奇我说的这里是一个村庄，并且是一个自然村，一个以前的生产小队。有人在喊一个中年男子："林局长，林局长你过来！"

那个被称作"林局长"的男子从一户村民家的院子里跑了过来。招呼他的男子急急地指着我，跟他说："她说这里是一个村子。"

有几个穿成花蝴蝶一样的女子在一圈篱笆边拔几棵植物，

一边拔一边自说自话："这韭菜长得真好。"我连忙跑过去跟她们说："这不是韭菜，是一种兰花。"一个女人拿着被当作韭菜的植物在鼻子下闻了闻，说了声："不是韭菜！"随手一扔就走了。

那个"林局长"看到这种行为，也许是觉得不好意思了，就走过来与我聊天，问我问题。

听得出来，他问的问题比较专业。他问我村庄整治的资金来源，农民的收入来源，平时的日常维护，土地的流转情况，村集体的资金，农民盖房子自己出资情况，等等。

我没有回答他的问题，也回答不上来。我的眼睛一直瞄着河边那几个穿得花红柳绿，脖子上披着花围巾的女人。那个穿玫红色薄羽绒服的女人用伞挡着另一个弯下腰的女人，而那个女人，蹲下身子来将村民种在河岸上的小葱一丛丛地拔起来，转身放在身后人手中的塑料袋里。

我觉得，这些人有点煞风景，至少与这里的风景不匹配。我用伞死死地挡着外孙女悠悠的视线——我不想让孩子在这美好的环境里看到这不和谐的一幕。况且，他们还一个个穿得那么体面。

那帮人四散在整个朱家埭邨的各个景点里，笑着、闹着摆出各种姿势拍照。姿势美美的，衣服也与这里的春景毫无违和感。那个穿着玫红薄羽绒服的女子，脱下了羽绒服，穿着毛衣戴着花围巾在拍照。她把头从桃花三两枝后露出时的笑容，极具江南色彩。但我总觉得，如果她把这张照片拿回去洗出来，摆放在桌子上的时候，说不上来，哪个地方就会有不清晰的光线出现。希望这最好只是我个人的臆想。

昨天观看了全市创建全国文明城市的电视直播。又想起那天那个"林局长"提议：建议合理利用朱家埭民居，让更多游客能住下来，留下来。开展民宿及餐饮，以促进更多的消费，让村民有更多的收益。

　　主意是好，但我更怕这个静谧、美好的桃花源里，硬生生闯进许许多多的《桃花源记》中的武陵人。

那夜雪花飘得很甜蜜

都过了大雪节气几天了，窗外，天空中的太阳依然艳丽地照耀着几棵硕大的梧桐树，和网络上一直在讨论的"今年是暖冬还是寒冬"的问题似乎没有一丁点儿的关系。

这样的文章看多了，我倒觉得，无论今年是暖冬还是寒冬，反正江南的雪是下得越来越少了。彻彻底底，酣畅淋漓地下一场雪的概率虽然不能用零来表述，但，基本可以用渺茫来形容。

一到冬天，大人孩子都盼雪。在盼着盼着还没有雪的日子里，大人们就会对孩子们说，他们小时候的冬天，他们小时候玩雪的情景。如敲开水缸结冰的表面打洗脸水，砸开河面用河水淘米、洗菜；还会告诉孩子们，那时候可以用房檐上的冰凌柱当拐杖等。我会给孩子讲：那时我们天冷上学，调皮得不走正路，老是从结冰的河面上溜过去，工具就是家里的小木凳。把凳面翻过来放在冰上，人坐在木板上，后面的小朋友往前一推，嗖的一下就过河了。

期盼下雪，不是因为别的，就是认为，冬天就应该有冬天的样子，就应该是雪的世界，就应该像书本上描写的那样，一片银装素裹的洁白。但，最最主要的还是因为，江南难得一下的雪实在是太美了。

江南的雪，下的时候不会像"燕山雪花大如席"，也不会像我妈妈形容她老家下雪时的喷薄劲儿，而是可以用飘飘洒洒、窸窸窣窣、落地无声来描述它的姿态。

如黄昏开始下雪，我们就可以期待明天早上大雪推进门的邂逅。晚上，躺在床上，可以根据窗户的亮度来判断雪下的厚度。即使不点灯，屋内都有足够的光亮。可以这么说：这一夜，几乎所有人的梦，就是从簌簌的落雪声，加上枯树枝嘎吱嘎吱的断裂声中开始的。

第二天，如果你起得够早，就可以看见地面上洁白一片，或只有三三两两浅浅的麻雀脚印。我不希望有任何东西污染了这一片洁白。同时，我又希望在这片素净的洁白上，能绣上一串走向远方的脚印，抑或是两串，再加上深一脚浅一脚的形态，就更富有诗意，更能给人以想象了。

江南雪后的街巷景色美得无与伦比，我生活了几十年的小镇濮院更是这样。

半个月前，远在哈尔滨的发小在朋友圈里开始晒雪，晒他的小孙孙在雪地里撒了欢地玩雪。除了羡慕外，我在心里就开始想念江南的雪，想念下雪天濮院老街老巷中的熟悉雪景。

突然，我想到了一件事，一个多年前在一个雪夜里看到的绝美场景。

那是二十世纪八十年代初的某年年底的一个寒冷夜晚。从单位上完夜班的我洗漱完毕后刚躺下，就听到窗外窸窸窣窣地下起了雪，不一会儿就一朵、两朵地飘起了雪花。"下雪了！"我把手从二楼的窗户伸向窗外，雪花在手心里又化成小水珠淌了下来。路灯下，雪花沿着形成扇面的灯光飘飘洒洒起来。

我预感今夜的雪不会小，于是躺下，准备听雪到天明。

听雪时间长了，难免会无聊，无所事事的我就拿出一本杂志来阅读。看到一个章节，是鲁迅先生赶完一篇报社催得很紧的文章后，夜已很深，为不耽误报纸的第二天发行，就和自己的学生连夜往报社送稿。回来途中，与学生一起在小夜摊儿上吃夜宵的情景。我脑海里出现的场景是：夜深，人静，街巷里空无一人，一个老人守着一个小夜摊儿，夜摊儿的炉子里冒着缕缕热气。鲁迅与他的学生边吃边讨论着文章。看到这儿，我忽然也想尝试一下夜幕里四周无人一片寂静的感觉，找一找天空下，四野里唯我一人的感觉是怎样的。于是，我就想到外面去走走。

其实，我这个想法是让人有点硌硬的。且不说那篇杂志所描述情景的真伪性，就说这空灵寂静的黑夜一个单身女子出门漫无目的地瞎逛就有点瘆人。况且，这外边还下着大雪。

我还是起床穿衣出去了，带上冬日"三剑客"——帽子、围巾、手套，又用大衣把自己裹得严严实实的。这样一来可以防冻，二来如果碰到人也不太会被认出。

雪在脚底下已经可以踩出扑哧扑哧的声音了。透过路灯照射下的透明伞面，雪已经积住薄薄的一层。

单独走夜路，记忆中好像还是第一次。在单位下夜班回去，宿舍就在厂区里，又有许多的工友姐妹们一起走路，根本没觉得黑暗存在过。

我是沿着大路出行的。我知道古镇濮院的小巷小弄堂很多，绿化树木也较茂密。说不定就会从古老的墙上跳下一只猫咪，瞪着夜明珠一样的眼睛看着我；也许还会有几只四处流浪的野狗……想到这，我有点打退堂鼓，有点瑟瑟发抖。

我还是往前走着，过丝厂桥后行两百米左右从梅泾宾馆门口右侧转上永乐路，计划是再右转到严家汇左转上庙桥看看。多少年来，我无论是到三中读书，还是到同学家玩耍，都认为从庙桥上看四周景色，是最具有濮院特色的。

庙桥街不是很宽，街两边店铺上好的门板黑黢黢的，透出古老的森严感。白天我就一直觉得那些门板像是从远古走来的老人，更别说在这个夜深人静的雪夜里。

我想上庙桥眺望一下小镇的雪景，因为这里最江南。

怕被雪滑倒，我低头扶着庙桥桥栏的石雕走到桥中间，猛一抬头，桥北蜡烛街路口昏暗的路灯光下，一个没有头只有脚的绿色军大衣正在路灯下蠕动。不，是四只脚！

我不敢前行了，转身想离去。忽然，从那件军大衣裹紧的对襟里掉出一缕长发，又掉出一节橘红色的长围巾……

雪，越下越密集了，蜡烛街口墨绿色的路灯罩开始圣洁起来。四周冰冷的街区，只有那节橘红围巾飘动着火焰。我沿着来时的脚印开始原路返回，不让自己的脚步发出一点声音，甚至还希望下雪的声音也停止一下。

在以后的日子里，我没有将雪夜里看到的情景跟任何人说起过。因为小镇太小，人口不多，避免一下南河头撒泡尿，北河头马上臭的局面。我也不想让那两个雪夜情景剧的男女主角在人们的相互猜忌中惶恐。

那一幕情景真的美到我了，白雪，长发，橘红的围巾。加上漫天飞舞的雪花。我想，那两个男女主角是甜蜜的、幸福的，是美艳动人的创造者。

不能说的事情，我可以写。没过几天，我就在厂报上发表了一篇小文章。我清晰地记得题目就叫《雪地里的一抹橘红》。当然，我把里面的情节给改了，我写的我自己的故事。去上早班的时候，我发现大雪把供水的总开关给冻住了。气温太低，拿开水浇后，冷风一吹，总开关上马上又结了更加坚硬的冰。情急之下，我再次拿开水浇开以后，立马用自己的橘红围巾给裹上，让雪地里留下一抹火红。文章在厂区里各个车间传阅，都说我写得太美了。

这个场景，可以说成了我文学作品的特殊画面，我时不时地就会想起那个雪夜，那两个在雪景里创造美景的人。

　　后来我在一些诗歌的创作中，也时不时会用到这样的意境。喜欢写"雪"，写"灯光"，写"一对恋人"，还喜欢写"那条长长的橘红围巾"。有许多文友或读者还称我为爱情诗专家，还会时不时问我意境的参与者。

　　写这篇文章时，手机的屏幕又开始推送新的消息了，斜眼瞄一眼，说是有一股强冷空气正在南下，影响着八个省，其中江西、浙江可能有雨雪天气来袭。

　　抬眼窗外，阳光依旧，我不知道这场江南的雪会是什么时间，在什么样的契机下纷纷而来。

　　期待下雪，期待在雪中的一切邂逅。

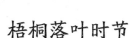

梧桐落叶时节

梧桐叶落下来的样子很美。有风的时候，黄透了的叶子带着些许红色，些许褐色，岔开手指，随着风的走向，离开树干。

它的飘落也不是一下子的。先在空中水平飘移一会儿，然后，再画着弧线，飘飘荡荡，跟着地心的引力落下来。

深秋的风有点猛烈，一阵风刮过来感觉就像一个顽皮的孩子猛地摇动一下树。于是，树干在树冠的带动下，开始摇动起身子来。接着，就有一团接一团的黄红色夹杂着褐色的雾在空中飘洒开来。你此时如果躺在地上往天空上看，就会觉得你的上方有一幅美极了的秋色图。

一阵秋风过去了，留下来间隙的平静。在下一股劲风还没到来之前，空中的那一片片梧桐叶依托气流的浮力，慢慢地扩散开来。三三两两，像一只只飞燕。

在劲风下看梧桐落叶，美则美矣，但架不住人也会随着落叶瑟瑟发抖。更多的时候，我还是喜欢在明媚的秋阳里，坐在一棵梧桐树下看；或在沥沥细雨中听雨点敲打梧桐叶片的声音，静静地听梧桐的落叶声。

今年又到了梧桐开始落叶的时节，探头窗外也没有起风。看手机天气预报说这几天可能要落雨。也是，抬头望去，天空中的阳光似乎也没有前几天那样灿烂了。我决定出去走一走。

我信步向运河的对岸走去。刚一上大桥，就觉得运河里的水在低沉的云团催促下，有点推来搡去的激荡。

过桥，我来到运河唯一在这里转过的一百二十度的大转弯兜上。那里有一块标注着两千多年前吴国与越国疆界的界牌。回头一望，自己不禁哑然失笑起来——刚才我不就是从越国越境过来的吗？！

运河边的这条老街很静，几乎没有什么行人。倚在吴越界碑前面，看运河水追着一艘艘大型货船前行，心中酝酿着怎样写一首好的律诗或一首能抒发意境的现代诗。

噗的一声，一片梧桐叶落在了我的身后。声音很轻，但我还是听到了，听得真真的。

正当我扭头想要找那片落叶时，视线里有一把铁制的火钳伸向了我的面前。一个环卫工人，正在把那片落叶用火钳夹到手上的长柄簸箕里，一边捡还不忘朝我看一眼。

"要落雨了。"她对我说。我点点头表示知道。

我移步走到了两千多年前垒石为门的垒石弄前，抚摸了一下类似于城墙的矮墙，侧耳细听了一下，此时，并没有两千年前的剑戟厮杀声，有的只是运河浪花被秋风怂恿的拍岸声。

风，一阵紧似一阵了，运河岸边上的一排梧桐树开始落叶。有的飘在了地上，有的就直接飘到了运河的浪花里。在被鸣着汽笛的大船犁开的河面上，梧桐叶一会儿上了浪尖，一会儿又被浪卷得很远。然后，在水波中飘来荡去的。我的眼也随着河中的梧桐叶飘荡着，脑中飞过一个成语：随波逐流。

可不管那些落叶飘到哪里，我都似乎能听到它们离开枝头一刹那的声音。

雨开始飘落下来，打在硕大的梧桐叶上，滴答滴答很是好听。我没有带伞，但在雨还没落大之前，我是不肯离开的。因为前面不远处，丰子恺先生缘缘堂的粉墙上，攀爬植物正在形成一幅深秋的美图。秋天，樱桃虽然不红了，但那棵植在院子里的芭蕉，应该还是绿得让人欲滴吧？还有，先生放在窗前的那张书桌。十年前我以虔诚的姿态坐过，今天还想去坐一坐。

雨有点执拗，滴答滴答声越来越密集了。我只能放弃走进缘缘堂大门的打算，转身快步走到不远处的运河大桥底下躲一下雨，等着老公给我送雨伞来。

大桥底下很空旷，过往大轮船带起的风也格外阴冷。

我看见大桥底下有个劈篾人。于是，就打算走过去与他搭个话，也好找个凳子坐一坐。一个人孤零零地杵在桥底下毕竟也不是个事儿。

当我走过去的时候，劈篾人也在向我打招呼："过来坐一下吧，站在河边冷得要命的。"

我在劈篾人递过来的小竹凳上坐了下来，还没等我开口致谢，劈篾人又说："这大桥下面温度明显要比外面低许多，就是燥热的六月天里，在这里睡中午觉也吃不消的。即使是火性很重的小伙子也扛不住的。"

劈篾人没有因为说话语速极快而影响手里篾刀的速度与准确度。一根青竹放在眼前瞄一瞄，用手中篾刀看准中间部分，一刀下去，啪的一下竹子就裂开了，顺势一别，那根青竹就成两爿了。然后再一分两半，再一分两半，直到需要的宽窄程度。随后，用篾刀的后半部分在那根篾爿顶端入口，嗖的一下，篾刀划到底，篾青与篾黄就分离开来了。看到这儿，我在心里一笑："这根本就是'势如破竹'的出处啊！"

我问他："您这是要编篾席？"

劈篾人朝我看了看说："现在家家都用空调了。大六月天里，高温天气，都是开着空调，裹着薄丝绵被睡觉的。睡篾席，早就不时兴哩！"

他并没有停止话题，接着继续说道："想当初，找我打篾席的人多得不得了，要定做咯。先付定金，不然不做的。现在不行了，不行了！篾席没人要了。"

想想也是，我家的那几床篾席已搁置了好多年了，扔嘛不舍得，年年拿出来用温水抹一下，通个风，再卷起来放好。今年我家连草席都没用过，躺在丝织的床单上，开空调正好。

"那你现在劈这些篾来做什么呢？"我又问。

劈篾人很健谈，我回答了他我是哪里人、为什么到石门来的许多问题后，终于轮到我向他发问。

"篾席没人打了嘛，手艺不能丢的。喏，做点小东西，换俩铜钿。"我顺着劈篾人手指的方向望去，那一大堆成品中有簸箕、篮子、小椅子，养蚕人用的匾、家用的淘米箩、用竹子下脚料做成的扫帚。忽然，我的眼睛被一对花瓶一样的物件儿给吸引了。这物件儿不像箩不像筐的，更不像早年间人们在田里捉黄鳝挎在腰间的篓。劈篾人见我好奇，就告诉我说："这是嫁女儿用的。"

"嫁女儿用的？这里面要放什么东西啊？"

"街上人不懂了吧！"劈篾人有点得意起来。

我们这里往往把有城镇居民户口的人称之为"街上人"。而发中间这个"上"字音的时候，把"上"读成"佬"。在劈篾人的眼中，我就是"街佬人"。

健谈的劈篾人告诉我，这两只口小肚子大像花瓶一样的物件儿叫篓箕，是嫁女儿时放鸡公鸡婆的。

"有什么讲究吗？"我问。

"鸡公鸡婆象征着成双成对，夫妻形影不离。鸡又可以比作凤凰，凤凰择良木而栖嘛。嫁女儿那天，娘家挑选出一对最登样（漂亮）的鸡公鸡婆，往娶亲船头一放，昂首挺胸，多神气啊！再说了，母鸡下蛋勤，表示子孙满堂啊！我女儿出嫁的时候，就是我亲手给她做的竹篓箕，装着我老婆自己养大的一对鸡公鸡婆。现在我外孙也有两个了，顺顺当当的。"

说这番话的时候，劈篾人无论是脸上还是眼睛里都充满了幸福与自豪感。

雨还在一直下，发出的声音淅淅沥沥，淅淅沥沥，打在梧桐树叶上格外悦耳动听。

我给老公回了一条微信，又向劈篾人买了一顶比较大的竹斗笠，戴在头上准备继续沿着运河岸边踱一会儿步。希望能在这些来来往往的船只中，看到送新娘的喜船，看到那两只鸡公鸡婆。

小区墙外的春天

推窗望去，阳光甚好。窗外，邻居家的一树玉兰依旧如去年那样，娇艳地怒放着；自家院子里的两棵楸李树也早早穿上白纱裙，盛开得密密匝匝，引得蜜蜂们嘤嘤嗡嗡地来回盘旋。

院墙外的便道上，限制外来车辆的限高装置已被拆除。依稀听见轻轻的音乐从别家院子里传出，那是李玉刚的《梨花颂》，对应我家院子里楸李树上的洁白花朵倒也显得十分贴切应景。

远处，已有三三两两的居民戴着口罩在便道上散步了。

看着外孙女悠悠可怜巴巴的眼神，我决定等她上完网课、吃过中饭后，一起出去走走，享受一下午后阳光的明媚，也顺便到小区马路东面的那家超市里补充点厨房食材，或买点零食给小丫头解解馋。

出门是一定要戴口罩的，毕竟现在疫情还没有完全结束。

但，春天里我给悠悠戴口罩，抑或我自己出门戴口罩的讲究里，还藏着另一层的意思，或者说是一种传承。

老母亲在世的时候经常告诫我们：春天的风有点硬，会伤人。

尽管是一位没有读过书的老母亲对我们说的，可我们几个兄弟姐妹，都把这句话牢牢地记在心里，还当作家传一样，叮嘱自己的下一代。

出了小区的南大门左拐，视野就开阔起来了。才走了几步路，许久没有出门的悠悠就开始奔跑了起来。让她放飞！我心里是这么想的。但我马上知道，她是被隐藏在一个临时堆放点后面，又恰好露出一小片的油菜花给吸引了。

悠悠一边跑，一边大声叫："我要把它拍下来……我要把它拍下来……油菜花都开了！"说完，就掏出给她买来上网课用的手机开始取景。

待我走近，用手向她的东北方向指了指，笑着对她说："你看——"

小丫头一抬头，两眼放出了两道长长的光芒来。立马，她向那片更大的油菜地跑去。

悠悠穿过马路边的一个小树林，跳过了一个没有水的小沟，扭头问我："外婆，我可以进到花海中间一点去拍吗？"

"可以，只要你不损坏这些庄稼。"

一大片一大片的油菜地，色彩是金灿灿的，小丫头身上穿着的粉紫色的毛衣，还有一群时合时聚，上下翻飞的白色小蝴蝶……顿时，我觉得眼前的画面整个都显得嫩嫩的，柔柔的，像初生婴儿一样透着满满的灵气，恍惚间似乎还有点仙气。

我想把这个场面留住，记录下来，就对已经走进油菜地深处举着手机专心致志拍照的悠悠说："转过脸来，外婆给你留一张美照。"小丫头在油菜地里露出了自己的头。

金黄的油菜花，粉紫色的毛衣，翻飞的小白蝶，乌黑的长发马尾辫，稚气未脱的小脸……在我的镜框里成了一幅极好的构图。我发现了她的口罩，对她说："悠悠，能不能把口罩摘下来一下？现在周围就我们两个人。"

"不摘，现在疫情还没结束，要坚持！"说完，还给我做了一个"加油"的姿势。

不摘就不摘吧，戴口罩的照片，也许会成为2020年特殊的记忆。

在大片油菜花掩映的深处，传来了嚓、嚓、嚓的声音。远远望去，是一位老妇人在侍弄一块菜地。悠悠飞也似的跑回我的身边，对我说："外婆，我想拍摄这位老奶奶，不知道可以吗？"

我一边对准自己的镜头，一边对她说："可以，你自己去跟老奶奶沟通一下，问她愿不愿意。"

听完我的话，小丫头又像蝴蝶一样飞到了金黄色的中间，在春风中对不远处的老奶奶说："奶奶，我想给你拍张照，不知可以吗？"

老妇人停下手中的活儿，憨憨地看着悠悠。

悠悠回头望了望我，又继续对那位老奶奶说："奶奶，我们学校是以摄影为特色的学校，我在学摄影，想给您拍张照片。"

远处的老妇人依旧呆呆地站着，还是没弄明白孩子的意思。

见此情景，我知道，老妇人可能是听不懂孩子说的普通话。我连忙用土话对老妇人说："小宁（孩）想要同内（你）拍张照片，问内（你）好啦（可以吗）？"

听到这儿，老妇人脸上的笑容马上和油菜花一样灿烂起来："同吾拍照啊？好的好的。"又问："吾帽子要拿掉啦？头发乱啦？"

说完，她放下手中的锄把，摘下帽子，捋捋头发，整理衣服。悠悠说："不用不用，您只管干活，我抓拍一下。人物抓拍才有生气。"

老妇人没有得到像照相馆里一样的拍照程序，似乎有点失望，低下头干起自己的活儿来了。

悠悠在刚冒出春天气息的田垄间抓拍老奶奶的干活儿动态，而我，眼眶却湿润起来。

刚刚看老妇人戴帽子的样子，不，摘帽子的姿势；捋头发，整理衣服的动作；还有憨憨的，不知所措，像做错了什么事后，无所适从的笑容，我想起了已经离我们而去的母亲。

我的心开始被人揪了一把似的疼了起来。想着，那年也是春天，我带母亲最后一次在凤凰湖看盛开的樱花的情景。想着，母亲望完云霞一般的樱花后，低着头对我说的"明年的樱花我可能看不到了"的话。

面前，有一群小白蝶向我飞过来。不远处，给老奶奶拍完照的悠悠也在追逐着一对上下翻飞的小白蝶。我紧了紧脸上的口罩，让泪水顺着鼻翼往下流。

小丫头依旧在油菜花的海洋里欢乐着。她发现了油菜地的尽头有蚕豆花，有豌豆花，还有刚钻出泥土只有小土豆大小的榨菜头。她跑过来拉着我说："外婆，外婆，你说有句谚语叫'蚕豆开花黑良心'，还真是黑色的花芯哎！"一会儿又对我说："外婆，外婆，去年我们家院子篱笆边种的豌豆开的是白花，你看，这个豌豆开的是红花，一个一个像展翅飞翔的蝴蝶。"

悠悠的童心感染着我，大自然的美滋养着人的心灵。

过了一会儿，我说："我们是否可以回家了？"

悠悠笑着说："对，在家继续待着，不给社会添麻烦。"说完，又跑向了油菜花的深处，来到那个老妇人的面前，礼貌地对老妇人说："奶奶再见！"

老妇人又是一愣，然后满脸堆笑地说："再会，再会。小囡乖来！口罩戴好！春天的风有点邪，当心伤风！"悠悠用手指了指小区的东大门："谢谢奶奶，我就住在这个小区。"

我和悠悠转身离去的时候，只听背后老妇人自言自语地说："小宁（孩）教来好了，那来（以后）有出息了。"

回到家，开着的电视里正在播出每日疫情通报。我国的新增病例已是个位数了。我想起了这两句话：

没有一个冬天不可逾越，

没有一个春天不会来临！

一个人观荷

人有点犯贱，天天在家坐着，也没干啥大事，竟然会浑身酸痛不舒服。总想着到哪里去干点力气活儿，出出大汗。

还是决定出去走走！

雨一直在下着，淅淅沥沥，滴滴答答的，将近一个月了。每年到了黄梅天，除了能读"黄梅时节家家雨"的诗句外，我还真没觉出什么好来。

现在的科技很是发达，打开手机就能找到附近的一切。我要找一个景点，不要太远，徒步就可以来回。

手机的界面上跳出来一个名字：朱家埭。步行导航距离只有一千多米。说实在的，搬到石门快三年了，周边的地方我还真没有好好逛过。

出了小区南大门我就知道了朱家埭的方向，就在小区的正东南方。因前一段时间修路，瓦砾满地，尘土飞扬的，就一直走小区东门。这样一走就走了半年多。

出了小区南门，迎面就看见东南方向一条油光乌亮的大路映入我的眼帘，不由得让我加快了脚步。

朱家埭的新农村建设可以说是别具一格，徜徉其中，很容易让人从心底里想吟诵出一句接一句的诗词来。因为它的布局与风貌很江南，很古朴，一年四季都能找到与诗词相匹配的精致的景色。而我，却独爱村子中的那片荷塘。

村子中的那片荷塘不是很大。我不会估摸面积，只是觉得不能用"一望无际"或"接天莲叶无穷碧"来描述。

雨一直在下。一会儿淅淅沥沥，一会儿又细如牛毛。我撑着伞走在荷塘的九曲木桥上，一朵从栏杆下斜刺过来的花苞弹了一下我的裙摆。我扭头看了一下它，发现尚未开放的花朵有点坚挺，就像一个顽皮的孩子打了我一下，又立马跑开一样。我觉得这个孩子很可爱，甚至还认定这是一个活泼爱笑的小姑娘，她在用自己的方式与我打招呼呢。

我蹲下身子，把她轻轻塞出栏杆外。我怕有人经过，不小心踩疼了她。

一阵风吹来，许多开着的没开着的花朵都向我拥来，此刻的我，觉得自己有点仙。

荷塘不大，连接荷塘两端的九曲木桥也不长。我虽不会估算时间与距离，大概也知道用不了两三分钟就可以走完的。

我想，朱自清老先生构思那篇著名的《荷塘月色》时，一定是徜徉在荷塘边上的。如我现在也效仿先生在塘边徜徉，这一连二十多天的梅雨，早就把池塘岸边上的基泥浸润得松泛塌烂，弄不好把自己滑入荷塘，那就有失风雅了。

荷塘中央有一个小木亭，于是就决定在小木亭里坐一会儿。闭目，回味一下朱先生描写的在月光下的荷塘盛景；也默诵一下古人周敦颐的《爱莲说》，两篇经典文章一下融入我眼前的场景。

我用袅娜的词语对等一朵盛开的白莲；用羞涩的词语对等那朵含蕾的花苞。朱先生说荷叶像裙边，我却觉得那片落在荷叶上的细长粉色花瓣像装饰着的绸带，又恰好露出来一节的那种感觉。

可能与"莲"有渊源，与周敦颐《爱莲说》有缘。出生时，祖辈们就将文章中的精髓体现在我的名字中了。只是那时的父亲想着自己是一名军人，遂将我的名字用谐音替换了。

也许祖辈们愿我有《爱莲说》中的风骨吧！现在想来，我多少有点儿莲的风姿。

眼前的天空像灌了铅一样沉重，灰沉沉地挂在我的面前。黄梅天的雨还是在下着，而坐在小木亭子里的我却没有觉着孤单。因为像朱自清老先生文中所说的流动画面，不时地在我面前生动起来，并且也是一幅幅送到了我面前。

眼前朱家埭的荷花，此刻在雨中，或许要比朱老先生在夜间看到的更美更艳丽精彩吧。因为出门时，我没有朱先生《荷塘月色》中开头所说的焦躁与不好的心情。梅雨季节虽然让人有一种黏黏糊糊不爽的感觉，但这个季节有荷的盛开与莲的相伴，总是能让人心旷神怡。

我是来寻荷塘固有的美景与荷花独特的韵味的。我不逃避现实，不妄羡富贵。我谨记"中通外直，不蔓不枝"的箴言，也崇尚"出淤泥而不染"的风姿。

朱家埭的荷塘不大，但盛开的或才露尖尖角的花朵、花蕾却挤挤挨挨地开满一塘。微风吹来，淡淡的清香开始包围着我。

我开始搜肠刮肚地想找出几个溢美的词语来描述她、形容她，可思忖了半天也找不到几个好词来。

坐在小木亭子里观莲赏荷，我的脑子里可以有许多关于写荷写莲的诗句；也可以有"江南可采莲，莲叶何田田"的歌声；还可以有怀抱一束莲唱着情歌的女子，抑或突然从无穷碧的荷叶中驶出的小船，小船上的少年白衣飘飘。

池塘小，是没有采莲人的，也没有采莲人的歌声，更不会有白衣少年。只有从边上的农家窗户里透出来的一块蓝印花布可以告诉我，我身处江南，运河之畔，凤凰来栖的梧桐之乡。

我在椅子上低头拨弄着几颗被人留下的青涩莲子，笑着对自己说："这也许就是几个心急的采莲人！"

哗的一声，我以为有鲤鱼跃起。连忙扭头寻那片水花溅起的地方。没有鱼脊露出，只有涟漪在荷叶的四周一圈一圈地漫延开来。

又哗的一声。这回我头扭得快，看清了，是一张硕大的荷叶承受不了雨滴集聚的重量发出来的响声。

在发出声响的同时，也惊起一只青蛙的跳跃，一对蜻蜓的起飞。继而是，接二连三的蛙跳姿势比赛呈现在我面前。

一个人观荷的氛围可以用静谧与热闹两个词来形容。静谧，在我一个人静静坐在小亭子里的两个多小时里，竟然没有一个人经过，更别说是打扰了。

哦！有，有一个撑着红伞的人从很远的村道上经过。只不过，我把他经过的场面：粉墙、黛瓦、红伞、花树，在眼中定格成一幅图画了。

要说热闹，那才是实实在在地存在。在长达两个多小时与自然的对话中，我可以把自己的思想安放在观荷的氛围中，镶嵌在画面里，让灵魂与一方天地相互碰撞。

又想写诗了，忽然觉得，我的诗里装不下眼前的意境，也表达不出我此刻的思想泉涌。因为，我怕曲解了荷的韵味，景的精髓。

回到家后还是忍不住，总觉得该写点什么，就附小诗一首吧，再在手机上发个朋友圈，"显示"一下我的存在感。

赏　荷

潇潇酥雨泼天阴，瓦舍笼纱夏已深。
水面桥平含瑞气，村塘莲艳饮甘霖。
荷嬉卷叶推穷绿，蝉嚣横枝奏故音。
揽臂舒依听鱼跃，寻来佳景寄诗心。

树上的鸟儿是一家子

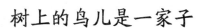

　　新买的房子离市区有点远，基本上靠近郊区了。刚搬来的时候，孩子在小区里疯跑了一圈后，高兴地对我说："这里的绿化，都比得上新世纪公园了。"

　　新世纪公园是市区的一座免费的市民公园，里面的绿化有点讲究。

　　小区绿化讲究了，生态就好了。生态一好，各种各样的小动物就会出现。我说的小动物，顶多就是小松鼠、黄鼠狼，加上鸟、蝴蝶、蜜蜂等。再说了，江南水乡地区除了这些，似乎也没有什么更大一点的动物。在我们家院子里看见、听见最多的要数各种鸟了。

　　因此，每天早上，我们一家人基本上都是在各种各样的鸟儿鸣叫声中苏醒的，狂风暴雨天除外。许多时候，我都会在窗下喝茶、阅读，听鸟儿歌唱。

　　时间久了，我学会了在鸣叫声中分辨鸟儿个体的大小。经常在房子西北角发出一声长一声短的"咕——咕，咕咕"的是体积大的野鸽子；发出"几零……几零……"的是小巧玲珑的十姊妹；发出"叽叽喳喳"的是麻雀；发出"喳、喳、喳"的是喜鹊。还有一种体型比野鸽子要小，但比麻雀要大，额头上还有一抹白色的鸟儿，是白头翁。说来也怪，整个小区里鸟的品种可以说是繁多的了，就是很少有见到过燕子。当我把这个疑问问围墙外面的大伯时，大伯竟然笑着说："鸟儿也有自己

的领地，有些鸟在此栖息了，其他的鸟儿就不会再来了。"

鸟儿的叫，仿佛是一台音乐合唱剧。仔细聆听，一会儿齐唱、合唱；一会儿独唱、领唱；还有时会有慢唱、低吟，声部清晰，和谐精美。每到这儿，我脑海里就会浮现出一幕幕的鸟儿王国中的童话世界。我会把自己想成一个剧场里的观众，一个十分享受的聆听者。

鸟儿多了，说明生态环境真的好了，可烦恼的事情也不少。首先，是鸟儿的排泄物。

屋后大树下有一块空地，为停车方便，每天回家后，随手把车停在了树下。呵！我的天呀！清早起床，急急忙忙赶着去上班的，会发现车前挡风玻璃上有许多的鸟屎，一大坨一大坨的。喷水，用雨刮器刮，整个一片就变成了一堵灰白色墙了——恶心死了。这还不算，有的时候还给你拉在车门把手上。你要不注意，伸手拉车门……你再仔细看，车顶上、引擎盖上，哪儿哪儿都是。每到这个时候，我都不敢抬头往树上看。从树下赶紧穿过，跑得远远的，真想弄清楚，这树上到底有多少只鸟啊？拉这么多。

车还得停这儿，买个车帐篷。可是没几天，小区物业来说，省里要来进行文明小区验收，我这个黑色帐篷有违规的嫌疑，让买个车罩。

鸟儿还在我们家院子里的大玉兰树上安营扎寨，套上车罩的汽车虽然没有了后顾之忧，可院子里过道地面上一样的斑斑驳驳，鸟屎不断。更有甚者，特别是春天的时候，起来打扫院子，不单单有鸟屎，还有鸟毛和破碎的鸟蛋壳。

把这棵玉兰树给移了。但想着初夏时节，满树硕大洁白的玉兰花在风中摇曳，阵阵花香令人心醉的样子，又有些下不去手。

有人给出主意说，请人上树把鸟窝给端了。

转眼就到了黄梅季节，接连十几二十天的黄梅雨把所有的生物都浸润得不堪重负。我不知道那些鸟儿在树上是怎么避雨防潮的，我支在院子里的黄瓜架已经承受不住雨的压力，倒下了。

黄梅雨一直在下，能不出门就尽量不要出门的日子里，打扫院子里的杂物成了我的日常。一天不打扫，或许到下午，你的脚就会没地方踩了。

我还没拿扫帚到院子里呢，就听见一阵鸟儿慌乱的急叫声，我以为那两只鸟儿又在打架呢。

听到我到院子里的脚步声，突然，鸟儿一下就飞到了树上，连影子都没能让我看见。

在打扫院子的过程中，我发现小花盆里有异样的动静，还发出"喈喈"的微弱叫声。扒开花叶我才发现，一只雏鸟正瞪着乌溜溜的眼睛看着我呢。就像一个小孩子，一个天真无邪的孩子正用清澈的眼睛看着我呢。再抬头看树上，两只灰灰的大鸟正在用警惕的眼神朝树下紧张地张望。一刹那，那两只鸟的眼神竟仿佛在与我交流。那眼神是一种"惶恐"，一种"希望"，一种"乞求"。

我看清了那只跌落在花盆里鸟儿的年龄，是一只正在试飞的学龄鸟，也马上明白鸟儿家族现在发生了什么事情。

我小心翼翼地将鸟儿捧起，放在一个敞开的鸟笼里，转身离开了现场。

过了很久，我听到外面有许多鸟儿的吵闹声。我想象着可能来了一支救援的队伍了，希望鸟儿们一家能团圆。至于请人上树端鸟窝的事我早就忘得一干二净了。

鸟儿们是怎样被救援的我并没有关心，只是在第二天的早

晨想起来的时候，鸟笼里练飞的鸟已经不见了。

玉兰树上的那一大家子鸟并没有因为我的善意而少在我的车上、院子里拉屎祸害，依然我行我素着。倒是我对驻扎在我们家鸟儿们的态度改变了许多。

今年的黄梅雨到现在为止，似乎还没有停止的意思。黄瓜架倒了，四季豆也不结豆荚了。出门去买菜，每每会听见菜农们说："今年雨水多，都落完了，落完了，要没得吃了。"

可不是吗？以前住在楼上的大平层，对植物、动物都没什么感念，现在一下子有了个院子，时时刻刻可以看见自己种的花啊、草的，一会儿怕被虫吃了，一会儿又怕被太阳晒蔫儿了。下雨怕涝，无雨又怕旱，着实不容易。

直到有一天，我看到的一幕情景直接刷新了我的观点。

黄梅天难得有一天出太阳，我就想着把门廊里的几把雨伞撑开来放在外面晒晒。还没等我出门呢，隔着玻璃门的我看见高高的四季豆棚里有两只鸟儿在上下活动着。我看清楚了，就是屋后面玉兰树上的那两只。

四季豆的豆棚太茂密，鸟儿钻在里面并没有发现我，只是拼命地用它尖尖的嘴啄豆荚上刚开出来的花。

飞在豆荚里面的那只鸟儿把四季豆洁白的花衔在嘴边，然后又蹦到身后的一个小树杈上，而等待在那棵树上的另一只鸟儿，立马张开嘴接过并吞了下去。我把身子悄悄地藏在廊柱后面，想要看清还会发生什么情景。

接下来的事情就有趣了。停在果树上的那只鸟也许是受到了前面那只鸟儿的鼓励，也勇敢地飞到了豆棚中间，旁若无人般一秃噜、一秃噜地吞咽那一朵朵花来，还叽叽喳喳地跟另一只鸟相互交流着。

我没有打扰这对鸟儿大快朵颐，虽然有点心疼我的豆荚。

我坐在门廊里细细地想：刚才的一幕是那么自然，那么和谐。它们也许是夫妻，也许是父子或母子，也许是兄弟姐妹，反正它们是亲亲热热的一家子。

　　我不忍心打破这一幕和谐的场面。大自然和谐共生，真的十分美好！

梦在花树间穿梭

得一院子，开一空地，种花、种草，再种一点果蔬。过一下陶渊明"采菊东篱下，悠然见南山"的闲情逸致般的诗意生活，成了许多城里人的美好向往与梦想。

几年前，我也成了这个愿望的梦想者，并且还梦想成真。

小院子还算可以，虽然，因为院外小区消防通道的设置，我家院子前后虽比邻居家的向里缩小了一米左右，但，在这个空间里，已足够布置我的向往，栽种我的梦想了。

小院呈"凹"字形，除了向南进门的通道以外，向东、向南、向西都有一些零星散地可以让我栽种。

首先，我在靠东的栅栏边种上了几束蔷薇。想着它攀爬的模样，想着它一簇簇的枝蔓，想着太阳初升时它的娇艳，想着春雨纷纷时它的一片落红。

向南的地方由于阳光充足，为让它形成一片阴凉，我种上了一棵香泡树，一棵柿子树。哦，柿子树是在进门左右两边各种一棵的。帮我种树的农民大哥说，这是取"事事如意"之好口彩。

即便是这样，老公又在大门的左边，院子的通道两边，种上了一棵金橘树，一棵橘子树。再加上靠西墙根上的石榴树、红枣树、桂花树、樱李树。我看着，所有可以代表寓意美好的树都种上了。

忘了忘了，在紧靠西墙根的地方还种了一棵枇杷树，一棵香椿树。而后门边，我没有像王安石那样在墙角种上数枝梅，只是把朋友老宅拆迁时不忍舍弃的一枝老梅移来了。

初来乍到的我，看见土地是亲热的，什么都想种，一下子就把小院种得满满当当的。用女儿的话来说："春天，你把筷子插地上都想让它活过来。"

树种好了，就开始期待它的开花，期待它的结果，期待蜜蜂在花间的嘤嘤嗡嗡，期待秋天果实的挂满枝头。

树的开花顺序是次第的。蜡梅谢了红梅怒放的时候，春寒还在料峭呢，青菜也刚刚开始抽薹，冷风中不经意地就爆出一朵、两朵洁白的樱李花来。这个时候，你还捂在羽绒服里的心就会怦地跳一下，告诉自己："春天来了！"

接着就是篱笆上的蔷薇开始含苞欲放。

香泡树、金橘树、橘子树、石榴树、红枣树的开花时间差不多都在四五月份。先是红枣树在窗台边开花，小小的、轻盈盈的，散发出淡淡的香味，这让我想起一个从山里走出来的姑娘名字：枣花。

金橘树与橘子树开花是比较热烈的。满树满树的洁白花朵，犹如在树上覆盖了一层白雪，浓香四溢的引得成群结队的蜜蜂前来采蜜，整个院子里从早到晚都会充满犹如车间里机器轰鸣般的声音。这时候，我就会叮嘱孩子们走过树下时候脚步稍微加快些，免得被蜜蜂误蜇了。

香泡树结的果实大，相对来说它开的白色花朵体量也就跟着大些。

正当橘子树上蜜蜂嘤嘤嗡嗡、热热闹闹时，香泡树上往往是静悄悄的。这个时候，你要是伸长脖子好奇地探看花朵里的花蕊时，突然间，就会从花芯深处窜出一只蜜蜂或是胡蜂来，让你急忙往后一退。

也许大自然编排的剧本情景各有不同，石榴树的开花就与金橘树、橘子树、香泡树大不相同，她有点孤傲。

正当那边热热闹闹像个菜市场一样繁忙时，这边的石榴树就会在不经意间抖落出一圈她的红纱裙。

说也奇怪，蜜蜂是很少到石榴树这边来的，阳光下，只有三两只蝴蝶在盘旋，但我看到最多的是一对黑色蝴蝶。黑色蝴蝶的翅膀翼展很大，翅膀展开时可以清晰地看到上面的彩色圆点与花纹。

红纱裙一般的花朵，嫩得不能承担起重任的绿色叶脉，黝黑发亮的蝴蝶。这时的我，经常会有要写一首诗或扬臂起舞的冲动。

小院里的花次第盛开，虽然没有像牡丹那样轰动京城。但从花蕾到怒放的所有日子里，我的心都是激动着的。那些日子里，我更愿意待在院子里，穿梭在花树下，用手接花瓣雨，用心听花裂声，畅想秋天来临时果实缀满枝头的摇曳。

花开季节固然美，但要想将花朵变为果实，成为甜蜜，还是得经过时光岁月的历练与磨炼的。

今年的橘子树花开得出奇的茂盛。经过蜜蜂忙碌的媒介以后，洁白的花瓣就开始如雪一般落了下来。抬头一望，每一朵花座的后面，都有一个青涩的米粒大小的小橘子。

我发愁，这么多的橘子长大后，会不会压弯树枝啊？我逢人就说："今年可能是个丰收年了！"

有一句话说得十分好：理想很丰满，现实很骨感！眼瞅着满树的橘子从米粒儿大长成黄豆般大小了，可一场接一场的黄梅雨下的是没完没了。没几天，我就发现树底下有小橘子脱落了。后来是越来越多，最后整棵树上除了树干和茂密的叶子外，真还找不到其他的东西了。我承诺朋友们秋天采摘时节的聚会看来也要变成一句空话了。直到秋分时节，我偶然发现浓密的树上隐约有橘黄显露出来时，这才认真地数了数树上的橘子：八个！

相对橘子树来说，枇杷树的开花时节在国庆节前后。到早春时分，才能看得出蚕豆般青涩的果子来。

枇杷树的花香十分好闻，一股接一股，若有若无的清香味飘着。花开热烈，也会引来不少的蜜蜂前来采蜜，但较春天的蜜蜂来说还是少许多。

果树结果不容易，成熟了，保护果子更是个伤透脑筋的事情。就说樱李吧，青果子长大了，果尖尖开始泛红了。我指着一颗最大的果子对孩子说："明后天果子就可以吃了，到时候采下来第一个给你吃。"

孩子期待着，我也期待着。可等到果子发紫红透，我伸手一采，面朝我们的这一面完好无损，可手指摸到的背面，黏糊糊，烂糟糟的。心想：坏了，鸟儿抢在我们前面了。于是就开始张网，开始注意驱赶鸟儿。可过了几天，树上的果子依然是这样。防住了鸟儿，却防不住娴雅的蝴蝶。原来，蝴蝶是用她跳舞的长腿掐住果子，再用她的长喙刺开果子皮。那时候我看到那两只蝴蝶，一点也没觉得她们高雅或是美，简直就跟两个女贼一样可恨。

每到这时候，我就会对孩子讲珍惜食物的道理，农民伯伯怎么不容易的事情。因此，孩子在吃水果时都会抱着十分珍惜的态度。

樱李、柿子结果时很容易被鸟儿、蝴蝶及小虫子祸害。而橘子、香泡、金橘、枣子、枇杷就不太容易遭到侵害。故而，我又得出许多为人处世的感慨了。

一天，外孙女悠悠满面愁容地来问我，说她在学校对每个同学都是客客气气、温温柔柔的，有求必应的，可还是有许多同学不怎么尊重她。她作为大队委，安排工作时也总是不顺畅。我忽然想到了用树上的果子来做一个比喻。我对她说："你看我们家种的果子中，成熟的橇李与柿子有什么特性？"她说："甜，而且软。""那就是了。"我告诉她，做人要有自己的个性，不但要有柔性，还要有一定的刚性。不能一味地甜蜜与软弱，还要刚柔并济。不但这样，还要有一层能够保护自己的盔甲，就像香泡的皮，就像枣核的尖。老虎太温柔，与猫有什么两样？做人处事要有灵活性与原则性。就像雷锋日记里写的那样："既要有春天般的温暖，又要有秋天秋风扫落叶一样的严厉。"

院子里的树一天天长高长大，院子里的花开了又谢。我现在没有初来乍到时的狂妄热情，而是在四季交替中感悟生命的轮回，感悟世间万物的和谐共生。

三清山游记

暑假过去了一大半，悠悠的暑假作业也做得差不多了，就等着提笔写一篇游记呢。小丫头老是催促我们能带她到什么地方游玩一下，能写一篇质量好的游记。

家里的其他人都按着点上着班，家里就剩我和小丫头两个人，自然，她在我耳边叨念的最多了。

我整理了一下手头的事情，又在微信朋友圈里找到了一个做旅游产品的朋友。我一个人带孩子出去，选择的路线不能太远，时间也不能太长，两三天为宜。所以，朋友就推荐了三日游的三清山路线。

出发前也做了一些攻略，我告诉悠悠到三清山可能要爬山。她说："不怕，我正想爬一爬山呢。"

我说："看天气预报，这几天可能是高温。"她像一个大人一样跟我说："三清山景色宜人，山区会有高温吗？"也是，我没有去过，也就没有发言权，毕竟所有介绍三清山路线的都说它是一股清流。

出发的那天早上，女儿把我们送到市政广场的集合地点，等待旅游大巴来接。

一上车，小丫头就有点兴奋，我告诉她："有五个多小时的车程呢，你昨晚没睡好，就在车上闭一会儿眼睛吧。"小丫头坚决地摇了摇头。

车窗迅速地把外面的风景向后移动着，我有点眼晕。好在出了长安服务站以后就有了连绵的青山，可以使自己的脑海有点想象。我让学中国画的悠悠看山的叠翠，看山的起伏。甚至还不懂装懂地和她讲起了"线条"，讲起了"染色"。

中午近十二点时，我拍了拍靠在我腿上睡觉的悠悠，告诉她："到江西了，准备下车吃饭。"

说是三日游，其实在车上就用去了半天。吃完中饭，那个接地的江西导游草草地安排了一处让我们游玩了一下，说："今天早点休息，保持体力，明天上三清山！"

第二天的一早，我们就起床，在酒店吃过早饭后就巴巴地等导游和司机了。悠悠眼尖，老远就看见从街的那头走过来的导游。

为了能早点上三清山，小丫头开始寸步不离地跟着导游。我让她不要这样跟着导游，导游会烦的。

九岁的悠悠歪着小脑袋对我说："跟着导游，不会走丢的。"原来小丫头有这么个心机。

有的事，你越是想急着实现，就越是多磨。好不容易上车了，导游拿起车载话筒指着窗外，介绍说江西是革命老区，当年的井冈山发生了什么，当年的红军在这里经历了什么，当年的打土豪分田地又是怎么一回事。

悠悠学过语文书上关于江西革命老区的课文，也看过电影《闪闪的红星》。她知道南昌起义，知道苏维埃红色政权，也知道当年拿着红缨枪的儿童团员。听到导游介绍，她激动得小脸涨得通红，开始愈发崇拜起江西这块红色土地来。

等车到了一个地方，导游说要让车上的游客支持一下老区人民的建设，为老区人民多多少少出把力，买一点土特产回家。悠悠大声说："外婆，我们多买点！"

好不容易提着大包小包上车了，导游又让大家吃个早中饭，休息一下，下午两点正式上山。

天气十分炎热，我就是站在三清山的山脚下也一样大汗淋漓，热得不行。望着满目青翠的山峦，想着那个高耸着的清凉世界，我和悠悠都凭空生出许多遐想来。

我想着山上的流水潺潺处有仙人穿梭，或有采药人如猿腾跃；悠悠想着，山上会不会有猴子或其他野兽出没，会不会有山花烂漫的场景，我们可以采一些山花插在头上。

登山开始了，一上缆车我就开始心悸，闭着眼愣没敢看那些翠绿一眼。倒是悠悠，惊叹着有大鸟飞过身旁。

缆车只送我们到半山腰，剩下的上山路就要靠我们自己走了。

刚才在车上时导游就对我们反复交代了许多的注意事项，还特别强调山上可能会下雨。望着烈日当空的车窗外，我们都以为这个人有点扯淡。可，现在刚一下缆车，厚厚的云层就在人们的腰间飘来荡去的了。不到五分钟鼻子上就有雨点打来。好在半山腰上到处都有卖一次性雨披的。

我和悠悠各自穿上黄蓝两件不同颜色的雨披，跟着导游开始爬山。根据导游的介绍，爬三清山有三种方法，即：大、中、小三圈。大圈用时最长，要五六个小时；中圈三四个小时。而小圈就不建议大家走，没啥意思，只能是：张阿三到此一游了。

孩子容易迸发激情，导游一句"大家有没有信心"，让悠悠坚决要选择走大圈。

雨越下越大，可以用倾盆，也可以用瓢泼来形容。山涧里的瀑布如狂扑下山的野兽，轰鸣声仿佛要移动整座山。不一会儿，山顶上就有一道闪电劈来，还有一个炸雷就在我们的脚边炸开。

雷雨中，我们没有了刚才的美好遐想了，悠悠也害怕得紧紧搂着我的腰，不想让我再向前进。

导游跑来对我们说："山里下雨，来得快，去得也快，就像山里人的脾气，一会儿就好。"为了消除我们的害怕心理，导游指着山下说："你们看，山上下这么大的雨，山下却是晴空万里的。"

我壮着胆子朝山下看了看，尽管看山下人动如蚁，但那一片光明还是非常耀眼的。

果然，雨停了，虽然没有阳光普照，但至少没有雨再滴下来。有的只是你不小心碰到旁边伸出来的树枝时，上面的叶子倒你一脖子的积水。

已经走了两个多小时了，刚才大雨中灌满水的两只鞋，脚开始发胀，发烫。我让悠悠找一个休息的石亭子坐下来，让山风吹一吹已经发白发胀的脚后，继续前进。

又过去了一个多小时，我开始有点力不从心了，同时也怕悠悠会累着。眼下，离山顶越近，山路就越陡，越难走。加上刚才大雨的清洗，长着青苔的地方就特别滑。望着沟壑纵横的山崖，我时时不敢让小丫头靠手右边的栏杆走，让她紧紧地靠着山脚跟。可没多时，小丫头就把我让到了里面，她自己靠路边的栏杆走。我有点生气地多次拉她，她又多次地走回去。

我埋怨她："真不听话！"她说："外婆，你不是有恐高症吗？你不是说上次跟外公去雁荡山，你是面朝山崖走过去的吗？"

我撞到了一棵需要低头钻过去的老树枝，一头一脸的雨水打到我湿了的眼眶。

我开始劝悠悠改走中圈了。

她懂事地跑上前去问导游还有多少路。导游对她说："你看见对面的山了吗？前面就是终点站。"临了，导游还不忘告诉她，大圈上山，那里的风景更好，还有一个道人住的道观。无限风光在险峰嘛！

信心百倍的悠悠立马跑回来告诉我一切，还鼓励我说："你不是诗词写得很好嘛，有好的风景，就可以写出好诗了。"

小丫头，你真不知道"隔山跑死马"这个道理吗？

为了让她保持体力，分散她的注意力，我开始与她聊天。看见有山涧水流过，我就让她想着哪首古诗词可以对应；听见满树的知了叫声，我就让她在树叶间寻找一下。

可接下来的路，小丫头其实已经是很疲惫了，毕竟她才九岁。但她还是努力地向前走着。一路上，她还将补充体力的饼干外包装仔细地丢入果壳箱内。走到只能抓紧铁索下山的那几百阶石梯时，我真怕她的小手松咯。但这些，都在她的毅力支撑下，完成了。

有一段路，我是实在坚持不了了！在导游转身回来数人数的时候，我又问有没有可以直接下山的路。悠悠立马跑上来拉着我的手说："坚持，你不是说过坚持就是胜利这句话吗？"转脸又对导游说："我外婆是个作家、诗人，能写好多优秀的文章呢。"

我们祖孙二人就这么相互搀扶着，鼓励着走完了全程。虽然我到底都没有敢放眼一览三清山的高耸与俊秀，但却让我记住了它的许多名胜。在以后的许多日子里，只要一看到关于有江西字样或三清山字样的介绍与镜头，悠悠都会激动地告诉大家：这里我去过，这是三清山的什么美丽风景，或奇峰怪石。如东方女神、巨蟒出山、玉女开怀、猴王观宝、老道拜月。还知道了葛洪是个名医，也知道了三清山是一座道教山。特别是让她不能忘怀的那场半山腰上的雷暴雨，一说起这个经历，还是心有余悸的。

旅游不光是走马观花，到此一游；不是人们所说的旅游是一个自己待腻了的地方到另一个别人待腻的地方；更不是人们调侃的：上车睡觉，下车尿尿，到了景点就拍照，回来啥也不知道。

旅游不仅可以洗涤灵魂，还能给人增加许多的知识与见解，更重要的是能磨炼人的意志力。

在回酒店的车上，导游表扬了坚持走下来的游客，还着重点了一下小丫头的名。

在回家后的日子里，悠悠写了一篇很好的游记，我写了一组八首七律古诗。

当然，还有买回来自己吃的或送家人朋友的许多老区美食。悠悠围着一大堆美食，为能为老区人民做贡献而高兴。

四月雨中游古镇

雨一直下，一直地下。雨滴从我的眼前飘过，头顶掠过，从我举着的雨伞上孩子般地坐着滑滑梯嬉闹滚将下来，又跳跃在我脚尖踏着的石板路上。

雨滴，落在了我面前，落在了正吐露嫩芽的花花草草和树枝上，落在了飞檐翘角和黛色的瓦楞上，也落在了那一间间将启未启的门楣上。

雨，一会儿是纷纷扬扬的，一会儿又冷不丁地砸下一颗圆润剔透的，带着丝丝凉意的大水珠来。每当这时，我就会下意识地将脸扬到四十五度的角度，就像当年练芭蕾舞基本动作那样，让雨滴打在我的下巴上、嘴唇上。

雨就这么下着，就这么时紧时慢地下着。行在雨中，我一点也没有想到要梳理三千烦恼发丝的感觉，反而是感到了许许多多的诗意出来。在这个人间四月芳菲尽的日子里，雨，仿佛就是献给人间最富有诗意的礼物了。

雨中游古镇是充满诗意的，尤其是游有机更新后的濮院古镇更是让我兴奋不已。

与从小到大玩在一起的几个伙伴约定，春天的某一个时候，游历一下自己曾经生长生活过的地方。

由于濮院古镇的有机更新项目尚未全部完工，又听说要在"五一"期间将部分开放已经完工的项目。所以，还是得找个机会去一睹她的芳容了。

机会是得到一个特批的许可。我约上我的伙伴一起前往。还没到正门呢，就接到伙伴打来的电话：他们早就到了！

其实，濮院古镇不仅是我一直心仪的地方，更是我生活和工作了几十年的所在。因为，它的街巷，它的人文，它的风貌都为我在它身旁的几十年里镌刻下了美好的印记。

雨，还是在一直地下。当一踏入景区的大门时，我就被那个雕刻精美的牌楼给吸引了。绝佳的雕工，完美的榫卯结构，精美的人物造型。使你一眼望去，就觉得它会向你娓娓道来许多故事。

那个入口大厅很宽敞，我不知道有机更新后的古镇是怎样的营销模式，私下里，暂且把它称作游客售票中心。穿过一道道精美的门廊后，我和伙伴们就开始兴奋了，指着停满游船的对岸说："看，蚬子滩，老底子的榨菜厂，这条河里拍过电影，是一位著名演员演的。这条街路可以一直通向后面的运河农场的！"伙伴们也附和着说："对！对！对！"

行进到街区里的石板路，两旁到处是花树，在四月的雨中娇艳欲滴的样子，十分惹人爱怜。透过古朴气息的院落里也仿佛大门欲开的样子。伙伴中的一位美女下意识地抚了抚那扇高大的木门。马上，就有同伴笑她说："你记错了吧？这又不是你家！"

随队的小美女开始按行进的参观路线给我们做专业的讲解了，可伙伴们根本没有心思听讲，还是自顾自地访古寻旧。

我觉得这样对小美女的讲解不太礼貌，就对小美女说："这些老顽童，离开家乡都有几十年了，兴奋得像孩子一样。要不，你忙你的去，让他们自己看看走走。"

小美女有点执拗，说："没关系的，这是我的工作。"我还是将小美女劝回去了，我告诉她，这几个从小就是在这里长大的，让他们自由发挥一下，尽情地寻祖问根。小美女拗不过我，同意了。

走过蚬子滩，就有人急切地问老底子的粮管所宿舍，我用手一指，告诉他们过了桥就是。

老底子的粮管所宿舍的地基上，俨然已经没有了旧时的模样，一座漂亮的民居透露着江南水乡人家的秀美。我快步走在前面，站在了那座古老的定泉桥上，用手抚了抚长满青苔古藤的桥栏。我想着当年桥下的船，想着当年在河埠石阶上浆洗衣服的人。

身后，一个伙伴捅了捅我，说："嗨，当年你就是从这座桥上走过，走到对面的婆家，还记得吗？穿一件粉红的衬衣。"

我怎么能忘记呢？不仅在此结婚、生子，还以定泉桥为场景写过许多的作品呢。

定泉桥的走向是过东过西的，整个桥身都缠满了茂密的藤蔓。我想着，每一片叶子里都藏着一个岁月故事吧。

桥东就是"岳氏三进第"了。我透过门缝朝里看，想着多年前的爹爹（爷爷）岳石尘正坐在画桌前画画；娘娘（奶奶）坐在廊下理纱头；女儿蹒跚着脚步缠着太公太太玩耍的情景。

风从定泉桥桥边上的一棵大树上刮下来许多水珠子，打在了我的脸上，我听见了岳先生一声低沉的声音："小董，要好好写东西，你可以的。"

前面的伙伴又在大声呼喊了，他要绕过这条街，看看他家的后门。还有一个伙伴要看看他家的前门。

穿过没有变样的蜡烛街，拐到了太平巷。原来找后门的那个伙伴其实就是要看他家前门的伙伴的邻居。又是一阵热烈的喧哗，他们扯着嗓子用力地说着他们过去的故事。

每个濮院人，不管他们走多远，走多久，心里最惦记的依然是那两棵植在心里的银杏树。我的伙伴也不例外。

蜡烛街的对面就是我们曾经求学的三中，三中里的那两棵银杏树就是我们梦里的图腾。忽然有个伙伴说："银杏树没有以前的大了！"我们一阵狂笑。告诉她："这是你小时候身高与现在的视角不同罢了。"

曾经求学的三中除了那两棵近千年的银杏树依旧外，一切都不复存在了。我们的教室，我们的跑道，我们的沙坑，我们的琅琅书声都被威严的大殿所替代。

有伙伴问我这里在建造什么。我告诉他们，这里正在建造的一座寺院，叫"福善寺"。

走到庙桥上，远眺一下尚未完工的福善寺，两座引桥后的建筑群里，只能用气派、庄严来描述概括。

伙伴们沿着庙桥港向东走着，在记忆中的祥云观前又生出许多故事来。道观里的风雨石、倒笃树、大戏台，还有最后的老道是谁等。还神秘地述说了一下当年祥云观山门殿为什么拆不掉的传说。要是放在以前，我们这些女孩子也许会害怕，而现在，我们只能说他是"扯老谈，瞎话廿三"。

开始寻找自己曾经的家了。沿着庙桥港往西走的时候，有伙伴说对着老戏馆的是他家；过了南大有桥街，经过鱼行街到义路街的是谁谁家；还有伙伴兴奋地找到了自己的出生阁楼。

雨一直下，一直在下，点点雨滴都能唤醒尘封多年的过往记忆。小时候的小小班、向阳院，儿时顽劣行径造成的各种窘迫状况，甚至于自己青涩的懵懂少年记忆，都在此时此刻毫无遗留地跃然出来。

快到中午时分了，还只是走了记忆中老濮院的一小部分，至于还在施工中的东河头、西河头、雷家谭、杏林街，以及再南一点的地方，都还没有走到。

　　意犹未尽地的伙伴们，决定去走走栖凤桥，走走龙湾街，坐坐那里的美人靠，从费家场返回出口处。

　　返回途中，伙伴们登上了具有象征意义的更楼。拾级而上，青砖雕瓦，廊檐飞翘。古朴而又厚重的更楼上，可以远眺，可以俯瞰，使整个正准备苏醒腾飞中的千年古镇濮院，在伙伴们的眼里是那样典雅，那样豪迈！他们展望着故乡的前景，祝愿着家乡的美好。相约，古镇开发完备以后，就把同学聚会安排在这里。

　　我真的很期待那天的到来！

走进三毛的撒哈拉，风中可有思念的声音？

你来过一次，我想了一生。从此梦里就有了撒哈拉！

——致三毛

心中想去的地方，总有一天双脚能够抵达。

从没有去过沙漠。只是在中学学地理的时候，熟读了的那些沙漠的名字。如我国的库木塔格沙漠，腾格里沙漠，还有非洲的撒哈拉沙漠。而拿到三毛那本《撒哈拉的故事》后，我的心仿佛真的走进了那个我向往已久的撒哈拉。

自由与爱，沙漠与冒险……那样一颗游走的灵魂。撒哈拉沙漠什么都没有，为什么还是要去？去，就是为了看这个世界的一无所有。因为想要亲自站在撒哈拉沙漠，任性地去了一次摩洛哥。那十三天的旅途，太多欢笑、太多回忆。摩洛哥，拥有世界上最浩瀚的沙漠——撒哈拉，而撒哈拉拥有世界上最美丽的星空。很是遗憾，住在撒哈拉沙漠的那一晚，因为天气原因，没有星空。于是，给了我再次到达摩洛哥的理由。我知道我会回去，也许就在不久之后的某一天。原谅我一生不羁放纵爱自由。这些年来，流浪在地球上。也许只有这一无所有的沙漠，能够慰藉一颗自由的灵魂。

撒哈拉沙漠位于非洲北部，形成于约二百五十万年前，是世界仅次于南极洲的第二大荒漠，也是地球上最不适合生物生存的地方之一。那一天，从摩洛哥瓦尔扎扎特开车三百多公里，来到著名的撒哈拉沙漠大门——梅祖卡。酒店休息了一会儿，我们骑上骆驼，排成一排，去看撒哈拉沙漠的日落。骆驼小哥都很帅，黝黑的肌肤，是日复一日烈日的染色。他们大多都是裹着头巾、穿着长袍，只是颜色不同。

"每想你一次，天上飘落一粒沙，从此形成了撒哈拉。"

我站在那里，一身红衣。你可曾听见，风中的呼唤?《撒哈拉的故事》中，三毛以一个流浪者的口吻，轻松地讲述着她在撒哈拉沙漠零散的生活细节和生活经历：沙漠的新奇、生活的乐趣，千疮百孔的大帐篷、铁皮做的小屋、单峰骆驼和成群的山羊……而这一片沙漠，一无所有。我用相机记下旅伴们在这片沙漠中的样子：她的长发，她的红裙，他拍照的样子，她牵着骆驼，他们牵手的背影……在沙漠腹地，好不容易爬到山丘的顶端，望着这一片望不到头的沙漠，想要呼喊你的名字，最后，却什么也没有说。你喜不喜欢我和我没关系，我喜不喜欢你和你没关系。

多年以后才会发现，喜欢和想念，都是一个人的事情。哪怕思念成海，也是我一个人的情感，与你无关。走累了，席地而坐，沙子经过一天的日晒，暖暖的。坐在那里，教沙漠小哥学中文："你好漂亮。"

于是，回去的那一路，他说了一路的"你好漂亮"，笑翻了小伙伴们。这里的沙子，有足疗的功效。用沙子盖住脚和小腿，躺在沙子上，微微的风呼啸而过。撒哈拉是真的很热，汗水夹着沙粒，感觉整个人都是沙做的。这里白天气温42℃，就像我们新疆的吐鲁番。空气里，连风也是热的，不知道曾经那些日子，三毛是如何忍受酷热的。在撒哈拉的那晚，我们住在 Ksar Merzouga（摩洛哥梅尔祖卡的一家沙漠泳池客栈），餐厅出门就是撒哈拉沙漠。

这个客栈很有感觉，完全超出我们的意料。我一个人的房

间，明亮橘色的墙，搭配着绿色的床上用品，有一扇小窗户，白天看还很有民族风情。休息的时候，独自拿着三脚架，拍下自己在那里的样子。Ksar Merzouga 沙漠泳池客栈，真的有一个游泳池啊！沙漠里，水是珍贵的，这游泳池，真的是一种奢侈。摩洛哥是个彩色的国家，这是客栈的公共空间，也都是各种颜色的混搭。棕榈树、游泳池、沙滩椅……感觉自己去了某一个海岛。而推门出去，外面便是广阔的撒哈拉沙漠，对比如此强烈。那个晚上旅伴春春在餐厅请大家喝葡萄酒，喝到最后，搬到泳池旁继续喝。虽然有些遗憾，抬起头，只有稀稀拉拉的星空。小伙伴们有的在泳池里游泳，有几个坐在泳池旁喝着酒聊天。度假式的旅行，除了时不时走过的扎头巾的服务人员，完全感觉不到自己身处撒哈拉沙漠。撒哈拉沙漠里的夜，我们都会记得。第二日早上 5 点多，我们爬起来去看撒哈拉的日出。坐上越野车，天还是黑的，看了一路车灯下的沙漠。一路颠簸，真正越野的感觉，终于到了目的地。

爬上那座离我们最近最高的沙丘，看到我们刚才坐的越野车，小小的，玩具一般。浩瀚的沙漠，静静地，千百年来的模样。一个人，在沙漠里，是如此渺小；在这世界上，更是微不足道。

但是爱，却让我们联系在一起。也许，你对某个人来说，就是全世界。

"我伸头去看荷西，他穿了一件深蓝衬衫，大胡子也修剪了一下。好，我也穿蓝色。"还记得《结婚记》中，她的描述。

《撒哈拉的故事》是三毛的第一部作品集。不知道多少人，因为三毛，来到了撒哈拉，来到了这片沙漠。你听，风中，都是思念的声音。

走进缘缘堂

　　我拿到了一本由崔东明、徐玲芬两位女士精心主编的《我与丰一吟》一书。

　　拿到书的时候是在一个与诗有缘的活动现场。当从我们桐乡女作协主席徐玲芬手中接过散发着墨香的书时，那时的活动刚刚结束，场面有点乱哄哄的。但我用眼瞥了一下书名，就知道里面一定是许多的好文章。因为，我喜欢一切与丰子恺、与丰家有关的东西。

　　回到家，就把这本书端端地放在了床头。开始细细研读，并准备大快朵颐一下。

　　书名是《我与丰一吟》，自然篇篇文章都是写丰一吟的。但，我在阅读时，却是在所有的字里行间寻找丰子恺先生的身影。透过写在丰一吟身后的那一层薄纱，看丰子恺先生的音容笑貌。

　　我与石门是有缘的。与石门的有缘却全部来自丰子恺先生，抑或丰子恺先生的缘缘堂里所有的人或事。

　　每次走进缘缘堂，都觉得是走进一个艺术的殿堂。我走进去是去进行洗礼与熏陶的。

　　第一次知道丰子恺，知道缘缘堂，还是二十世纪七十年代末，从我的一个高中同学口中知道的。

　　也许她家有文化底蕴。那年月，我在她家竟然看到一本二十世纪五十年代出版的《梁山伯与祝英台》的舞台剧本小册子。小册子很薄，纸张有点发黄、发黑。但这，并不影响我一口气把它读完。

除了这本小册子以外，同学家的老物件真的很多，我会有事没事地到她家跑一下。冬日的一个午后，同学在整理她心爱的年历卡片时，我又发现了一张用线条勾勒出的图画。那张画上，人物脸上都没有画五官，与我们女同学私底下悄悄流行的画大美女强调的大眼睛、高鼻梁、小嘴巴完全不同。寥寥几笔但我却看懂了画上的内容，并被那种摄人心魄的美给镇住了。

从那天开始，我知道画这幅图的人叫丰子恺，石门人。也是从那天开始，我产生了要到石门去一下的想法。

我想到石门去看一下丰子恺先生的故居。想看一看是什么样的水土可以孕育出这么美的作品。

想法一出现，就像现在出门旅游前一样，我做了一些出行攻略。

石门在桐乡的西面；而我居住的小镇濮院在桐乡的最东面。我估算了一下，濮院到桐乡的距离号称十八里；那么石门是离桐乡最近的一个乡镇，不会有十八里的。但怎么加起来也会超过三十里。

我这样算不是想步行着去，而是想象着这样的艺术与我向往的距离。那年月的交通还不发达，并不是你想去哪儿就可以去哪儿的。首先，要在濮院汽车站花三毛钱买汽车票到桐乡，然后再乘航船水路到石门。那时候没有夜班车，更没有夜班船，一天打来回就有点紧张。在石门又没有亲戚人家可以投宿。这样，我就有点佩服我们濮院几百年前的聚桂文会了。那时的文人墨客，可以花上三年五载，赴一个文化盛宴，我现在却不可成行。

既然成不了行，就开始捕捉有关于丰子恺与缘缘堂的一切信息。我读："不乱于心，不困于情。不畏将来，不念过往。如此，安好。""心小了，所有的小事就大了；心大了，所有的大事都小了；看淡世事沧桑，内心安然无恙。""有些动物主要是皮值钱，譬如狐狸；有些动物主要是肉值钱，譬如牛；有些动物主要是骨头值钱，譬如人。"

我到缘缘堂的第一次成行是在一九八四年桐乡县人民政府将缘缘堂重新修缮以后。是我们兵团丝厂组织文学青年参观缘缘堂的活动。

第一次进缘缘堂有点蒙。是由于我这么多年来对缘缘堂的想象与现实的对照；是急于要将作品中描绘的场景与现实场景比较。

怎么进的缘缘堂大门我记不清了；参观时看到的丰先生生平我也没记住。我急于将心中镌刻着的许多场景一一拿出来还原。

我想找"绿了的芭蕉，红了的樱桃"；想找"瞻瞻的脚踏车"；想找"好花时节不闲身"丰子恺先生在缘缘堂的生活与创作场景。想仰头看看"昔年欢宴处，树高已三丈"的那棵大树到底有多少高。还想坐在月亮底下听听"妈妈讲故事"。但，我最不想看到的是那组叫《轰炸》的作品，那太过惨烈，让人撕心裂肺。就像我不愿用手摸那扇被日本人飞机炸毁的黢黑的焦木门一样，那种无底的黑色，让我充满仇恨。

缘缘堂面积不大，但处处是可以移步移景的。缘缘堂建筑风格亦极具江南韵味，就像运河边好多人家，粉墙黛瓦，枕水而居一样。

屋内陈设也很简单，都是一般江南人家常摆设的。只是餐厅的那张西餐桌告诉我们，丰先生不是一个一成不变迂腐的老学究，而是一个可以不断接受一切新生事物的先锋人物。

通往二楼卧室的楼梯很陡且窄。我想，先生及其家人应该都是身量纤纤，道骨仙风吧。

二楼上，是我每次去都会待最长时间的地方。我会摸摸那张老式床，感受一下大师的温度；在临近窗口的书桌旁坐一坐，幻听从先生笔尖流淌出来的汩汩清流；用手搭一搭重叠在一起的几个箱子；眺望一下，先生在炮火中辗转的身影。特别是放在进门口的那张盈不过三尺，长不过一米六的棕绷小床，更让我的思绪与感慨都有了万千之涌。我看到了先生用一米七五身子蜷缩中的虚怀若谷；看到了他矍铄面容上集聚的巨大能量；看到了"宁做流浪汉，不做亡国奴"的民族气节；也看到了先生对梦里水乡家乡的一片挚爱。

对先生的敬仰，可以是一切。在以后的许多日子里，得益于家乡桐乡的迅猛发展，我可以自己时常驱车到先生的石门，到缘缘堂进行膜拜。

每次进缘缘堂，都会当作一次别样的洗礼，我会对这里的一切统揽一遍后，行一个庄重的注目礼，用灵魂感受这里的所有。

与缘缘堂别后，直到二〇一六年，我也在先生的家乡运河岸边买了套房子，也学着先生的样枕水而居。

购买房子后我就可以步行到缘缘堂了，就可以有更多的时间感受缘缘堂里的氛围，更近距离地膜拜先生的音容笑貌。不为别的，就是想离先生的思想近一点；就是想让自己的往后余生，从此徜徉在"红了樱桃绿了芭蕉"的祥和氛围里，让先生的气节感染自己。

住在石门湾，贴近缘缘堂，此生足矣！

行吟，不必太远

春光毕竟罩不住。连续几天的好太阳，已经把整个的江南水乡搂抱成暖暖的甜蜜梦乡。春风也给力，一会儿劲硕，一会儿柔和，配合着春雨浇灌，唤醒过冬的树木绽放出嫩嫩的绿芽儿，吹开万紫千红的花儿。

蜜蜂嘤嘤嗡嗡，蝴蝶翩翩迁迁，鸟儿回巢鸣唱。河边的初柳，试水温的白鸭，还有那些鼓着肚子的三月河鲫，个顶个肥硕的青螺，农人们刚出锅的芽麦塌饼，都会引来诗人们吟诗作赋，引来市民们出门踏青，品尝时鲜。

三月的江南是极美的，三月的桐乡尤其美，美得有时竟不可方物。所以，适合行吟远方的季节，有时也大可不必行走得太远。

宅家的日子可能已经接近尾声了。昨天晚上，我看完电视新闻报道后，浏览了一下手机朋友圈，看到圈友们都在竞相晒出自己踏春游览的美照。于是决定，明天也出去浪一圈。

行吟不必太远，门口皆是风景，尤其是我现在居住的运河岸边的石门镇周边，镇区静谧、典雅、古朴且不必说，单看现在的一村一景那更是了得。

我本着不必走太远的原则，今天就去石门镇桂花村的朱家埭吧。

朱家埭是桂花村的一个小小的自然村落，离我居住的小区只隔一条马路。如此之近的距离，让我这个住商品房的人也可

以经常到村里去转转。

初到朱家埭时，觉得朱家埭很新，这是个农民集聚的新村点。可与其他新农村不同的是，朱家埭自然村的村民房建筑，不像其他地方兵营式的一排排整齐划一，而是充分利用了村里原有的河、桥、古树等自然景观建设房屋。有独立成院的，也有相互联排的，但家家房前有晾晒的稻场，而屋后的一大片空地上，除了用于村庄美化的四季花朵外，还可以种上一些瓜果蔬菜什么的。偶尔，还能在圈起的小栅栏里看到三三两两的土鸡觅食。

但不管怎样，房屋的风格都是古色古香的，让人看了会说：很江南，很有梦里水乡的感觉。

三月的阳光已经有点热烈了。从北面进村的廊桥边上，七八个年轻人没能经得住春光的诱惑，已经架起烧烤炉灶在野炊了。烤肉的香味儿随着风向我们飘了过来，戴着口罩都能闻到。

我和一起出游的外孙女悠悠忽然对视了一眼，同时又笑了起来。悠悠把羡慕的眼神从烧烤架上收了回来，深吸了一口气说了声："我好想吃点烧烤哦！"见她这样说，我故意开玩笑说："要不，我去跟他们搭个讪，要一点？"

听到这儿，悠悠慌忙说："不不不……我是说什么时候我们也烧烤一次。"

"OK（行），完全可以！等疫情彻底过去了，等大人们都得空了。"

廊桥下的水面上泛起了水花，两个年轻人正在垂钓，河堤上并排放着四根钓鱼竿上的渔线起起伏伏的。我真怕一旦鱼咬钩，甩竿时，这些渔线会相互缠绕。

不一会儿，鱼上钩了，看来我的担心是多余的。阳光下，在草地上蹦跶的小鱼儿也闪着好看的光芒。

正在我只顾看钓鱼的时光，悠悠却从村的另一头跑了回来，拉着我说："快走，快走，前面一户人家院前有棵桃树开花了！"

跟着小丫头，走过一条小道，过了桥，在一片喷着喷泉的开阔水系边上，有一树桃花开得正艳。

"竹外桃花三两枝，春江水暖鸭先知。"我不禁吟出了一句古诗。悠悠哈哈大笑说："可惜了。有水，有桃花；没有鸭子，也没有竹子。"我往村西边一家农户屋后的修竹一指，说了一句郑板桥的诗句："新竹高于旧竹枝，全凭老干为扶持。"悠悠调皮地回了一句"没学过"后，就又往前跑去。

小丫头兴趣爱好似乎很广泛。说实在的，在她这个年纪，是对一切的事物都充满好奇的。除了在学校读好书以外，她对文学艺术类的东西特别喜欢，尤其是摄影与国画。现在，久居小区的她，完全被这里公园式的美景给吸引住了。

她今天出门前，就对我说了出游的目的。很明确，拍摄桃花，回来临摹。所以，在整个踏青春游中，她只寻盛开着的桃花。若发现一株开在远处的桃树，她可以钻过一片并没有路的野草地再近距离拍摄。

朱家埭的春色并不只有这些，村东面的藕塘边就有一大片供孩子们玩的人工沙滩。沙滩的儿童游乐设施上，孩子们早已在这里玩得不亦乐乎了。

悠悠把拍摄用的手机往口袋一放，一头扎进了小朋友们的游戏中。我找了一片树荫坐下来，看着孩子们欢乐地玩耍着。

春风微微地吹拂着村中央一块空地上的油菜花，一只蜜蜂停在花蕊中左右摇摆着。

一户人家的稻场上，一对老人家正在自家门口坐着。老奶奶捋着刚从地里摘来的新鲜蔬菜，老爷爷在一旁抽着烟，笑眯眯地看着自己的老伴儿。远处，田垄里，开始春耕生产的身影已经像我平日里在诗中描写的那样了。而田边地头，妇女们正在用镰刀除去那些疯长着的杂草。

看着一排排或者整齐或者错落有致的农村新建房，看着村里公园式的布局，看着村民和谐地过着自己的日子……我想，这就是我们该有的江南景色，这就是我们该有的村落文化，也是我们社会主义新农村建设一个缩影吧。

看着孩子们在春光里玩耍的欢乐景象，我在想：朱家埭这个自然小村落的美景不会单单停留在春天，是完全可以遐想夏天绿色的浓密，秋天桂花的醇香，冬天廊桥上的白雪。还可以有许许多多的城里人来这里租住，和村民们一起享受这特有的江南景色。

所以，我们可以说：

行吟，不必太远，风景就在家门口。

第
二
辑

记忆中的方言

方言是一个地方特有的语言。顾名思义，也就是局限于一个地方的自属语言。方言有范围感，有亲情感。有时用官方语言怎么表述都不能达意的东西，用方言，或说自己地方范围内的土语、家乡话，一个字，或几个音节，就能解决问题，就能准确传达意境，并可使接收信息的人心领神会。

我对语言比较敏感，也较会分辨。在国内除了新疆、西藏等少数民族地区，其他地区的方言虽不会说，但都能知道一些，起码可以在心中的那张地图上标对大概方位。这大概与我从小生长的氛围里有关——无论我是在父亲当兵的部队里，还是在运河农场的邻居中，尤其是在以后接触较多的兵团战士后。远的，我可以听懂河南话、山东话、河北话、湖北话、湖南话、天津话、安徽话、四川话、江苏话，甚至可以分辨云南话、福建话、广东话等。近的，我可以把我们生活在浙江省里的许多地方方言模仿上一两句。其中模仿的最像的是省城杭州的方言，这不仅因为兵团里大多数人是杭州人，还因为，父亲初次当兵的地点就在杭州市。

对于说杭州方言，我还有一个很好笑的故事。由于和来自杭州的兵团战士接触多了，再加上小弟弟、弟媳在杭州工作的缘故，说杭州话成了我说方言的很大一部分内容。记得那年我有一个儿童电视剧单行本《小小男子汉》在省里获了个剧本三等奖，是当时的省委书记铁书记与黄亚洲老师共同给我颁的奖。在浙江电视台参加完活动并吃完晚饭后，打的回居住在青春路上的弟弟家。到了弟弟家小区门口，师傅告诉我南肖埠小区到了。

一下车，我就发现这不是原来我上车的地方。当时又不像现在那样可以用手机联系弟弟或发个定位什么的，只能硬着头皮，向路过的一位老人家打听。老人家一听我一口标准的杭州话，脱口就说我是骗子。还说，你一个杭州人会不知道你要到的地方？为了让老人家带我到我弟弟家，我连忙说自己是知青子女，六十年代就跟父母去外地了。老人家一听，连忙说："姑娘不要慌，我带你去。"原来，出租车司机把车停在弟弟家小区后门了。

我是在五岁那年，被父亲从老家河南接到浙江这个风景如画、温婉典雅的江南水乡的。初到浙江，我不记得那时我的样子了，但我还清楚地记得在这个陌生的环境里，常常会听到一些小战士用加强版的河南话对我说："咦！小老乡，恁来啦！"每每听到这些，我没觉得亲切，反而觉得有点戏谑的味道。我就会对父母说："不要讲河南话了，我们一起讲收音机里的普通话吧！"

那时候，父母亲就会对我说："讲普通话固然重要，但自己家乡话也不能丢啊！"我没办法反驳父母，但在今后许多日子里，父亲和他一起工作的叔叔们，在交流时，还是会很努力讲着收音机里说的普通话。

后来，我发现，父亲让我们背诵的毛主席语录里"我们都是来自五湖四海，为了一个共同的目标走到一起来了"是真的。可不是吗？红瓦盖顶的营房里，我家左边住的是一个叫"宁波阿姨"的高大女人，讲的一口宁波话。与她聊天，她老是把配饭吃的菜叫"下饭"，把没关系叫"唔高"，把很多说成

"交关"。而，西面的魏连长家属，是个正宗的苏北人，每天一到吃饭的时候，就会站在场院里，对着远处高喊："魏琳，回噶（家）里了吃饭喏！"

我们同学中最经典的桥段是模仿一个新转学来的女同学。这个同学叫什么名字我现在已经记不清了，只记得她有一头鬈发，嘴唇上经常会长起鹅口疮什么的。一张口就是一口纯正的苏北话，还老是将自己的鞋子说成"孩子"。

从连队走到团部去上学的我们，碰到下雨天，鞋子陷在泥里了，就会一起大喊："我的'孩子'掉泥里了。"然后，疯了一样狂笑起来。

但这些经典的桥段，却都比不上我对前院邻居黄伯伯的印象深刻。父亲说黄伯伯是云南人，讲话南方口音比较重，不容易懂。又加之我们孩子中传说黄伯伯是云南少数民族的，具体是哪个民族的到现在我们也没能弄清楚。只知道，每到夏天的时候，我们都是被黄伯伯的歌声叫醒的。

经过一夜闷热的我们还在清晨的凉风中熟睡，就听见黄伯伯一阵一阵的歌声从大水渠的老柳树下传来。

我偷偷地去看过黄伯伯唱歌。只见太阳刚刚出来的时候，黄伯伯会面朝东方，穿一条军绿色大裤头，把双腿浸在水中，用双手往赤裸的上身上撩水。一边撩水，还一边叭叭叭拍打自己雪白的胖胖的胸脯。一阵拍打后，用嘹亮的嗓音唱道："太阳出来喽喂，喜洋洋喽喂。挑起扁担朗朗扯朗扯，上山岗咯……"碰到下雨天，只要雨不大，黄伯伯也会出来的，这时候，他就会唱"小河淌水哗啦啦"。

父亲的战友来自五湖四海，工作之外，他们会讲各自家乡的方言。我虽不会讲，但时间长了，都能听懂。就算与一些不善言辞的叔叔伯伯交流，也不太会有障碍了。比如安徽人胡叔叔，讲的话就有黄梅戏的腔调；福建人朱封林叔叔，走到我家门口，放下一大捆他家乡的腊笋干，用夹杂着浓重福建口音的普通话，教我们怎样浸泡，怎样切片。

哦，顺便也说一下，我们在运河农场时，还说一种特别特别小范围的方言，叫"农场话"，这是我们一群部队干部子女所特有的一种语言，只在我们干部子女之间流传。到现在，我的这群发小都在花甲岁数左右了，一碰面还会用这样的语言交流。即使是因为分别时间太长，相见不相识的时候，一开口也会从他的语音里感觉出来。

由于小时候接触的方言太多，以致后来我的幼儿园教师普通话考级都受到了影响。到现在，我在交流时，许多朋友都会说我的话"什隔嘞白"，意思就是一个大杂烩。

不管是怎样的大杂烩，但在生活中，我说得最多的主要还是两种语言：普通话和濮院话。至于父母说了一辈子的河南话，随着他们的离去，少了交流的土壤，我也只能深深地把它们埋在心底了。前段时间，老家的堂哥堂弟堂妹表弟们给我打电话，我还反复强调，老家话我不会说了，但我能听得懂。

方言其实是一种乡愁，是一剂药，是可以疗伤的。在江南水乡生活了半个多世纪的我，已经到了可以让当地人听出我是桐乡东片人还是西片人的境界了。即使是这样，我也永远忘不了父亲战友们各自说的缕缕乡音，以及我父母有着音乐一样绵长调调的河南豫北方言。

关于方言，我是一直注重和关心的。这不，前几天，在网络上看到一篇关于河南什么地方方言最难懂的小文章，答案就是我的老家河南豫北的辉县、新乡、焦作一带。看着网友们热烈的讨论，顿时感到亲切，父亲母亲在世时候的音容笑貌也一下子浮现在面前。立时就有了一种与他们交谈的冲动。可我知道，我再怎么开口，都会有淮枳南橘的味道。

细细究来，老家豫北许多方言，有点文言。舅舅家的表弟保民就给我讲过老家古代迁徙时关于"解手"的故事，这让我更加愿意相信老家方言的古老。

比如：父母亲会把膝盖说成"不老盖儿"，跟着走说成"拾跟"，土豆说成"蔓菁"，把剩下的东西硬撑下去叫"搁塞"，使人受委屈或自己受委屈了叫"缺人"或被人"缺"了，把眼屎叫"蚩抹糊"，把乌鸦叫成"老鸹"，蹲着叫"圪蹴"，等等。

先人远去，方言乡音成了一种记忆和怀念。这几年中，我在让我的外孙女悠悠说好普通话的同时，还注重让她多练习练习桐乡方言，也会时不时地教她说上几句河南老家话。不为别的，只为解一下埋在心底很深积淀很深的一种乡愁。

母亲给我们讲的故事

母亲没读过书，但很会讲故事。就像一部电视剧里说的："一个人能说会道是和这个人有没有文化没有关系的。"也就是说，一个没有文化的人照样可以把想说的话说得很生动。我母亲就是这样。

在那个文化、物质生活都很贫乏的岁月里，孩子们最大的享受就是听大人们讲故事了。我们姐弟几个也不例外。

母亲给我们讲故事，倒不是我们央求她讲的，是她怕我们吃完晚饭后活动太多，那点没油水的食物不顶饿，撑不到天亮。所以，就要求我们老实待着，不能有剧烈的活动。

母亲讲的故事很杂，但听来听去还都是那些老戏文里的情节。这样一来，不仅她自己过了戏瘾，也让我们知道了一些戏文，如《七仙女下凡》《穆桂英挂帅》《包龙图打坐开封府》等。时间长了，两个弟弟不耐烦了。每当母亲摆好架势准备开讲的时候，两个弟弟就会抢说："从前啊……"引得母亲嗔怪道："淘气！"

在母亲讲述的故事中，我最喜欢听的还是她改编的她小时候经历的故事，并且还讲得有声有色。

母亲说她出生在一九三八年的冬至，七八岁的时候家里就"败了"。当时，我不知道她说的"败了"是什么意思；直到她老年的时候我才知道，她说的"败了"是被分了浮财了。

在她给我们叙述的故事中，让我记忆犹新的有三个：一是

全村人到山上躲避日本人"扫荡"的故事；二是跟着我外祖父到王莽岭种土豆的事情；三是到贾庄给人家放牛的故事。

母亲说，那一年她六岁，有一天天刚擦黑，吃下午饭的碗筷都没收拾呢，村里的锣就响起来了。

母亲形容得绘声绘色："那锣哐哐哐、哐哐哐地响，声音很大……"

母亲说她当时一听见锣声，吓得都尿在裤子里了。为什么呢？那就表示日本鬼子又来"扫荡"了。于是，她就跟着大姨，拉着小姨，姥爷挑着担子，姥姥背着被褥抱着舅舅，她们姐妹几个背着粮食，一起跟着拿枪的民兵往山上跑。我好奇地问："日本人来了，电影里的老百姓躲在山上都是不敢出声的，你们背着粮食，难道吃生米啊？""哪能吃生米啊！"母亲长出一口气说，"日本鬼子三日不隔两头地来，你姥姥一有空就把粮食磨成面，做成饼子，装在布袋里了。鬼子来了，背起来就可以走。"

"到了山上呢？"我们都好奇地问。

到了山上，我们大气都不敢出一下，生怕有声音惊动了日本人。懂事一点的孩子连哭都不敢哭；吃奶的孩子，当娘的只有拿自己的奶头堵住孩子的嘴，等到日本鬼子走了，有的孩子被生生地捂死了。

听到这儿，我们姐弟几个往往会吓得缩成一团，好像日本鬼子就在眼前一样。

看到我们害怕，母亲就会说："好不容易等到日本人走了，回到家，一推门，门还推不开，原来是家里没人，蚕宝宝没桑叶吃，自己结茧了，扯得呀……家里都是。"听到这，我们姐弟几人就会哈哈大笑起来。没等我们笑够，母亲话锋一转，就说："那小鬼子他娘的真不是东西，找不到人，就抢东西，东西抢完了，拿不走的就糟蹋掉。居然在一缸马上要酿成的好醋的醋坛里拉屎。"

"呃……"我们姐弟几人都做出了呕吐的动作。怪不得，我到现在都不太喜欢吃醋呢，可能与这个有关系。

母亲讲的第二个故事是她八岁那年，跟着我外祖父到王莽岭去种土豆的事情。母亲说她们老家在大山沟里，山多地少，种的粮食基本不够吃。外祖父就想着把土豆种到王莽岭去。王莽岭山高路远，人迹罕见，到处有野兽出没，是山西省的地界。

"那得一天打来回？"我们问。

"一天打来回？一去就得十天半个月的。记得我八岁那年，跟着我爹在王莽岭上种'蔓茎'……"

哦，顺便说一下，母亲的老家把土豆称作"蔓茎"。我不知道那个称作"蔓茎"的东西是不是用这两个字来表示，但，我从土豆的生长形状来自己杜撰了"蔓茎"这个词。

母亲说："你姥爷种蔓茎，我负责做饭。空闲了，也帮着种点。我小啊，做饭没计划，离全部播种完成还早呢，我们的粮食就不够吃了，但，空着的地又不得不种。老家人看地，比命还重要，有空的地方就想种上东西，种上了，至少就可以有收获。"

我好奇了，你们河南人种到人家山西的地界上，不怕有人来偷吗？母亲撇了撇嘴："我的那个天啊，那个地方除了狼会去，谁到那个地方去呀！"

听到这儿，我打了个寒战。

母亲说，外祖父下山的时候是黄昏时分。让她躲进用于生活起居的山洞里不要出来，还在外面垒了一块大石头，再让母亲从里面用木板顶死，预防狼进来。

外祖父走了，留下母亲一个人在山上。母亲说她一个人在山上吓得浑身直哆嗦，天黑了，外面有猫头鹰的叫唤，有野兽的吼叫。半夜了正当她迷迷瞪瞪要合上眼的时候，忽然发现，堵着的那块大石头上有一双绿绿的眼睛朝里面看着。母亲知道那是狼，吓得赶快用被子蒙上了头。

狼在外面折腾了一夜，母亲也在石洞里面颤抖了一晚。直到东方露出了鱼肚白，那匹狼才悻悻离去。洞外没声音了好一会儿，母亲才敢把被子从头上拿下来。竖耳一听，外祖父从那个山头上开始呼唤母亲的名字。呼喊名字，是怕母亲被狼吃掉。听到外祖父的呼喊，母亲连忙在山这边声嘶力竭答应着："爹啊……""妮儿啊，别怕，爹回来了！"

山谷的这边与那边，一声"爹啊……"的应答声，和一声"妮儿啊！爹回来了"的呼唤声，回荡在山峦起伏的崇山峻岭之间。

我开始大哭起来。母亲的嗓音条件比较好，叙述故事的时时都是绘声绘色的，浮现在我的眼前满满的都是镜头。以至后来，那个相互呼喊的声音在我心中荡漾了许多年。

母亲讲述的第三个故事是到贾庄她姥姥家给人家放牛的事。她说，九岁那年，家里实在是过不下去了，姥爷姥姥决定让母亲到她的姥姥家里去放牛。

我们问："为什么不让大姨去呢？"母亲回答说，那家人家看大姨年龄大，怕她吃得多。

"那为什么不让小姨去呢？小姨人小吃得少。"我们又问。母亲淡淡地说："那家人家怕小姨人小干不了什么活儿，吃亏。"

我们气愤地说："真坏！"

母亲在讲述放牛的过程中说，开始姥爷姥姥让她去放牛，是不想让她在家被活活饿死，到人家家里能吃一顿饱饭。哪承想，寄人篱下的生活更加痛苦。母亲不仅吃不饱饭，还常常因为一点过错被惩罚饿肚子，母亲整天提心吊胆的，不是挨饿就是挨骂。

天很冷了，只有一件单布衫。没有鞋穿，放牛的时候，牛拉屎了，赶紧把脚杵在牛粪里暖暖。讲到这儿，弟弟们不懂事，还非要拿起母亲的脚来看看，有没有牛粪。小弟弟还拿着母亲的脚来闻闻，故意说："好臭！"

母亲的童年是辛酸的，母亲能把它当作故事来讲，而且还讲得那么出色动听，现在想来母亲真的是了不起。

记得在她检查出来有病的时候，我就开始带她到处游玩，尽量弥补她一点，不让她留什么遗憾。

有一次，我带着母亲在外旅游。走到一座寺庙前，我让母亲抽一支签，没想到母亲抽到的是上上签。为哄母亲高兴，就花钱让僧人给解答一下。

僧人看了看签说："好命！好命！一生富贵，从小家境好……"还没等那个僧人说完，母亲就抢过他的话头："算了吧！"

我怪母亲没礼貌，对待僧人不能这样的。

母亲说："我都八十岁了，我的命还有几天，我自己的命怎么过来的我不知道？浪费那钱。"

在游玩途中，母亲跟我说，她很小的时候姥姥就托人给她算过命，说她是："上东楼下西楼，拿着棍棒撵丫头。"

我说："这东西看来也不准。"母亲扭过头对我笑笑："可惜，我过这样的日子不多。都败了！"

两年之后，母亲没能熬过疾病。走的时候，老家来人了，隐约之中听说，母亲可是当年的那个二小姐啊。

不管怎样，母亲讲故事的时候，我没有看见母亲对人生的抱怨，也没有看见母亲对生活的消极懈怠。母亲乐观积极向上的人生观影响着我们，一直影响到现在。

我的姥爷

　　准确地说，在我开始有记忆以来，只见过我姥爷两次。

　　一次是我十八岁那年，因为兵团丝厂将转为桐乡县地方国营管理，父亲想回老家工作，带着我和弟弟们回了一趟老家河南。

　　第二次回去，却是在我成家以后，跟着父母带着丈夫和七岁的女儿一起去看望生病的姥姥的时候。

　　两次回老家，都是姥姥到村口去迎我们的，即使是生病，姥姥只要能起来，也是挂着拐杖去。每次都是等我们放好行李，吃姥姥捅开煤火给我们做的糖水泼鸡蛋了，姥爷才悄没声地出现在门口。蹲在门廊下，笑眯眯地抽着旱烟袋。

　　姥爷不善言辞，大概生活动手能力也差。所以，姥姥怎么说他、吼他，他永远都是一副笑眯眯的样子。姥姥气急了就会骂他是个"三棍子也打不出个闷屁来的闷葫芦"。

　　哦，顺便说一声，我姥爷就是我外公，姥姥就是我外婆。在南方待时间长，总是习惯把姥爷姥姥称作外公外婆的。

　　姥爷的故事，大都是从我母亲那里听来的。比如，姥姥要到娘家去做客几天，就要给姥爷准备几天的干粮。我问，那他只要烧一点米汤配点小咸菜就可以了？

　　母亲说："屁哦，你姥爷饿了啃饼子；干了，就着水缸里的水，咕咚咕咚喝一肚子。奇怪，啥病没有！"想想我自己，吃酸不行，吃容易使胃胀气的东西不行；我开始佩服起姥爷的钢肠铁胃来。我怎么就没有遗传一个姥爷的好肠胃呢？

说起遗传，我不知道我的爷爷奶奶是怎样的。因为我的爷爷死在日寇"大扫荡"中，那时候父亲只有三岁，而四叔叔还在奶奶肚子里；我虽然是奶奶带大，可奶奶在我刚满五岁的时候也走了。所有爷爷奶奶的事我都是听母亲跟我说的，而母亲给我讲的事中，有一部分是听奶奶说的。

前几日，外孙女悠悠画的山水画得了一个国际奖，家人在闲聊中说："这孩子像谁啊？画画、写字、篆刻都这么有兴趣和天赋。"

大弟媳说："家里祖先辈里一定有这样的人！"

听了大弟媳的话，我忽然想到，外孙女悠悠肯定是遗传我的姥爷了。因为，我的爷爷奶奶祖上是武将出生，有家谱为证。据说我的祖上还得过皇上钦赐的御匾呢。

而我的姥爷可以写出一手十分漂亮的字。这与母亲经常对我提起的和我两次到老家亲眼看见的十分吻合。而且我的姥爷虽然不善言辞，干活儿可是一把好手。不管地里还是家里，到处都可以收拾得干干净净、井井有条的。更何况，看姥爷一米八的大高个儿，站立行事怎么看都有一副老学究有学问的样子。

两次的回老家，都是赶在春节过年的时候。北方人过年是十分讲究和隆重的。从腊八开始，家家户户就会进入过年的启动模式。除了准备大量的食物和走亲戚的礼物外，贴春联、窗花成了每家每户的重头戏。就是那些常年不在家紧闭的空闲房子也不能落下，要不然会让人家说这家人家是"绝户"。

姥爷是写春联、剪窗花的好手。每到过年时分，姥爷就会忙不过来。姥姥也会说："去吧去吧，在家你也帮不上什么忙，净碍手碍脚的，讨人厌。"每当这时，姥爷就会对着姥姥"嘿嘿"一笑，腋下夹上一叠厚厚的红纸，手里拿着黑墨和笔，踢踏踢踏地出门去了。

姥爷说话慢，走路慢，但做事却一点也不磨叽，写字尤其利落。只见姥爷来到要写春联的人家里，一进门，就在早已摆好的桌子上铺上带来的红纸，拧开墨瓶，将墨倒在一个白瓷碗里。运气，凝神，一气呵成。

姥爷不仅字写得好，措的词也相当有文化水准。除了在门框上写上家家户户爱听爱看的吉祥如意的话外，在孩子的书桌上他会写上："学海无涯苦作舟，书山有路勤为径。"在新落成的新房上他会写："宝盖万年在，华夏千秋辉。"在粮仓上会写："五谷丰登粮满仓。""大仓满，小仓流，黍稷麦菽样样有。"在牛羊圈、马棚里会写："五畜兴旺，四季无灾。"除了这些，姥爷还给自家院子的所有东西都贴上对联，弄得满院子里到处都是红红火火的一片。水缸上是"甜水满缸"，刀背案板上是"小心刀口"，就连门口的大树干上也斜贴着"花木茂盛"的字样。

我曾经纳闷地问过母亲，姥爷以前是不是很有文化啊？母亲只是叹口气对我说："以前是比较大的富裕户，后来败了！"至于怎么败的母亲一概不说。许多年以后，我还是知道了，姥爷家是新中国成立初期被分浮财给败的。那时候不懂事，还经常和母亲开玩笑说："打土豪，分田地，没想到把你们给打了！"还纳闷地问："被打了土豪了，怎么成分上是上中农，不是地主啊？"

母亲生气地说："要是地主成分，你们有这么太平啊?!"

据说，那时候土改工作队里有一个亲戚给开的后门，才评了一个上中农成分。

出身大户人家的姥爷，虽然家道败落了，对生活还是充满乐观的，还是十分勤勉的。母亲说当时最穷的时候，姥爷连鞋也穿不上，放牛的时候，看见牛拉屎，连忙将双脚伸进牛粪里暖和一下，然后将牛粪铲起，背回家沤肥。

姥爷是勤勉的也是节俭的，从来不在自己身上乱花一分钱。第一次回老家，看见舅妈在切山楂片，准备晒干后拿到集市上去换点钱花。我看见舅妈一边在案板上切，姥爷一边在边上把那些烂的，虫咬过的捡起来。说是晒干后自己泡水喝，助消化，对身体有好处的。我劝他不要捡了："这大山里漫山遍野的都是山里红，您要多少啊？"姥爷说，这山里红从开花到结果不容易，能捡一点是一点。

看我还要阻止姥爷，在一旁的舅妈拦住我说："随他去吧，老人家节俭惯了，什么烂红薯、烂桃子瓜果的他都吃。嗨，怪了，你姥爷还愣是没病没灾的，挺好。"听了舅妈的话，我有点心疼起姥爷来了。

姥爷是个要强的人，能不麻烦别人就尽量不麻烦别人。甚至是衣服破了，只要不是很要紧的旧衣服就自己缝两针，有时候穿在身上就像有百脚蜈蚣爬一样。姥爷的闷葫芦脾性是远近闻名的，一天也没几句话说。用姥姥的话说，一辈子的话加起来也没有一箩筐的。姥爷就连到最后的去世也是没声息的。

姥爷是在姥姥去世后一年走的。据表弟保民说，那天姥爷一大早就下地干活儿了，干完地里的活儿，又割了一大筐青草担回来，喂好了牛和驴后，让表弟给他满满地下了一碗捞面条。吃罢后，说是要午睡一会儿。这一睡，姥爷就再也没起来过。直到下午两点多钟表弟去喊他起床，才发现我敬爱的姥爷已经永远离开了我们。那年姥爷八十八岁。

大弟媳还在说关于悠悠画画天分遗传自谁的事。我思来想去，我似乎没有一点点地方是遗传我姥爷的。要说有，那只能是喜欢读书了。

母亲的戏韵　父亲的歌

　　送外孙女悠悠到市越剧团上越剧表演课，碰到她的带教老师，夸小丫头唱腔音准，有板有眼，进步很快。

　　回到家捋一捋，我家所有的亲戚里，据我知道的，似乎没有一个是从事戏剧方面的专业人才。勉强算我，虽是地市两级的戏剧家协会会员，也只是写了几个小剧本的缘故罢了。至于唱腔方面，只知皮毛，甚至有点荒腔走板之嫌。忽然，我想到了我的母亲。

　　我的母亲没上过什么学，据她自己讲是和小姨两人合伙读了个小学一年级上册。也就是说，母亲今天上学，小姨明天上；或者，母亲上午到学校，下午就是小姨去了。我们诧异地问她："那能读到什么啊？"母亲就会把思维拉回到童年，饶有兴致地用浓浓的河南腔读道："b、p、m、f、d、t、n、l……"还没等她读完，已引得我们姐弟三人哈哈大笑起来。

　　母亲没读过书，但这一点也不影响她唱戏文时的音准程度和嗓音的高亢嘹亮婉转。

　　母亲唱的戏文，我们听得最多的、记忆最清晰的就要数"文革"时期的样板戏了。《红灯记》里的李奶奶、李铁梅，《智取威虎山》里的小常宝，《沙家浜》里的沙奶奶、阿庆嫂等，这些人物的唱段她都会时不时地哼上这么一小段。有时，还会俏皮地客串一下李玉和，来一段《谢谢妈》。

　　母亲唱戏的神情是专注，特别是在没人的时候，她会悄悄地唱起她的家乡戏。

母亲与父亲都出生在豫北的一个小山村里。在我五岁那年的春节前，由于奶奶的突然离世，我们便跟随在浙江当兵的父亲离开了家乡。

少小离家的我们，根本不能够理解到母亲那时的乡愁。只有当她哼起那些小调或唱起那些戏文的时候，我们才会觉得那种声音来自遥远的家乡。

母亲会唱戏，她告诉我们那是老家河南的豫剧，一个很古老的剧种。每当我们听不懂时，她就会告诉我们，这段叫《穆桂英挂帅》……这段叫《薛丁山征西》……这段叫《卷席筒》……哦，还有现代戏《朝阳沟》，母亲几乎可以背下来。唱得高兴时还模仿剧中角色"前腿那个弓，后退那个蹬"地手舞足蹈起来。

母亲没有文化，但一点也不影响她记住戏文里的唱词台词。兴趣来了，她还一句一句地教我们。从小没有接触到老家文化的我们，怎么学也是学不会的。每当这时，母亲就会佯装生气地用河南话吼我们："瞧你们笨的！"

母亲喜欢唱戏、听戏，在今后我们长大的日子里从未改变。当她老了，年纪大了，我们姐弟就给她买收音机，买录音机卡带，在电视机里把河南电视台放在首要位置。

母亲唱戏，不仅把经典的剧目烂熟于心，更让人觉得可爱的是，她还追星。常挂在她嘴边的几个豫剧演员，只要她一张嘴提起，我都知道他们长什么样，主演的是什么剧目，如常香玉、马金凤、崔兰田、阎立品、牛得草……还知道小香玉是常香玉的孙女。

其实，母亲唱戏，特别是唱河南豫剧这件事，对于长期生活在吴越之地、江南水乡的我们姐弟三人来讲是十分陌生的，我们甚至常常会有一些些小反感情绪存在里面。

你想，在过去信息不通畅的岁月，在人口流动还十分稀少的时代，在我们耳旁充满吴侬软语的环境下，母亲拖着长腔"那和咿呀噔，咿呀噔……"半天了，还来一个"咦……"再半天后，以为唱完了，她给你又来一个"咿呀噔"。每当听到此，我就会下意识地望望家里的门有没有关好，或窗下有没有人经过——生怕别人知道我们是外地人。

母亲一生喜爱戏剧，即使是到了老年，兴趣也是丝毫没减多少，每个星期天的晚八点，手上有再忙的活，家里来了再重要的客人，她也会准时守候在电视机旁看河南卫视《梨园春》。一边看，还一边把电视机屏幕下方的游动字幕给念出来。

说来也怪，母亲大概就是以这种方法认识了许多字，学习了文化，到最后，她看书看报，读药瓶上的说明书，甚至阅读手机上的消息都不在话下了。

母亲喜欢戏剧是不怕我们用异样的目光看她的。每每兴趣来了，或者有什么不开心的事了，就开始低声吟唱起来。

现在想起来，这也许就是想她的老家了。或用比较文学的方法来说，这就是一种深深的乡愁。

母亲喜欢戏剧成了一种习惯，在江南待久了，其他的剧种也开始慢慢地接受起来。京剧、黄梅戏、越剧、河北梆子，评剧……除了特别南方的或一些小剧种外，母亲似乎都看得津津有味。并且，每个剧种她都能说出一两个代表作。比如：京剧的《铡美案》，黄梅戏的《天仙配》，评剧的《小二黑结婚》，河北梆子的《秦香莲》。越剧就不要说了，住在越剧的故乡，大大小小、曲曲折折的戏文唱本，母亲都知道一二。端着饭碗看，做完家务看，搂着吃奶的玄孙悠悠看。

与母亲唱戏不同的是，记得我的父亲也会唱歌。而很早就参军入伍的父亲唱的歌大多是军旅歌曲。我记得他教我唱的第一首歌就是《打靶归来》。唱到最后，那个用尽全身力气喊出来的"一！二！三！四！"配上他高大的身躯，配上他挺括帅气的军装，就觉得特别响亮！特别豪气！特别"飒"！

父亲在军营里唱，回到家里也教我们姐弟三人唱。他让我们姐弟三人排好队，像部队里战士那样站好军姿，他当指挥，喊道："预备——唱！"

父亲教会了我们许多军旅歌曲和革命歌曲，以至我在学校上音乐课时，老师一教我就会。因为这点，我还常常受到老师的表扬。从小学到高中，除了几次班长以外，我当过最多的就是文娱委员了。

父亲教我们唱歌是认真的。我们唱的不对或不好的时候，他还会扯着脖子训我们。

父亲喜欢唱《二郎山》这首歌曲。唱这首歌时有一个音特别高，父亲就会扯着嗓子喊。每到这时，母亲就会过来调侃说："咦……谁家的猪没有关好啊？谁家的猪跑出来了？"

小弟还小，听不懂母亲是和父亲在开玩笑，着急地问："哪有猪？哪有猪？猪怎么会跑这里来呢？"

父亲属猪，皮肤白皙细腻，耳朵大而有福相，说话时还略略带有一点鼻音，因此母亲常常戏谑父亲为猪，白皮猪。

听到这，我和大弟弟、母亲就会开心得把眼泪都笑出来。而父亲除了白我们一眼，还会自顾自地认真唱完这首歌。

看到父亲自顾自的神态，母亲会说一句："真长了个猪心，都这么说他了，没事人一样。"过后，还会拖着浓浓的河南长调说："走，不听猪叫唤了，包饺子去。"

父亲在部队里受过良好的素质训练，即使是脱下了军装他

也常常保持着一个军人的姿态。他是这样要求自己的，也用这样的标准来要求我们姐弟三人。他教导我们做人做事一定要钢刀利水，干干脆脆。

记得有一次父亲在教三岁的大弟弟唱《大海航行靠舵手》这首歌时，大弟弟把一句"鱼儿离不开水，瓜儿离不开秧"的歌词唱成了"你也不是呀我也不是呀"，父亲教了好几遍，大弟弟还是唱得拖泥带水，含混不清的。气得父亲咬着牙说："你哪像是我的儿子?!"引得母亲过来与他拌嘴："儿子才三岁，你也三岁?"

令老父亲没想到的是，长大以后的大弟弟是个绝对的歌唱天才。大弟弟虽不从事音乐工作，但模仿明星唱歌那是可以以假乱真的。

母亲没上过学，同样，父亲也没上过学。但这一点也不影响他们对生活的热爱，对爱好的执着。

母亲通过戏文学会了认字看报，拽戏文中的词与为人处世，与人交往；父亲用他在部队里学到的知识，不但自己受用一生，而且影响我们到今。

打开手机，看到了悠悠老师从越剧团教学现场传过来的悠悠的练唱视频，一招一式，有模有样。忽然想到，小丫头会不会小时候天天跟着外祖阿太看各个台的戏剧频道，才喜欢上戏曲表演的？

是，一定是。

母　亲

　　躺在病床上的母亲佝偻着，不停地咳嗽，她咳嗽的声音好像破了的竹筒那样刺痛我的心。我用手像对待孩子那样轻轻拍打着她的背脊，心疼的眼泪吧嗒吧嗒地滴在她的那件穿了多年的棉袄上。当她咳得喘不上气来的时候，我真害怕会一下子失去她。

　　母亲知道自己得的病，见我强装的样子，等到稍稍平稳的时候，就会问："我会好的，明年过了年再到超山看梅花去？"

　　母亲长得不难看，五官端端正正的，可就是没有像父亲那样白皙的皮肤。而我们姐弟遗传的都是她那样的黝黑泛黄的肤色。小时候不懂事，老是让父亲用香皂把我们手上的黑皮给洗白。每当这时，母亲就会笑嘻嘻幽默地说："白皮会像猪的哦！"我们姐弟三人就会哈哈大笑起来。因为，父亲是属猪的。

　　母亲长得不白皙，但一点也不影响她特别爱花。一年四季，春夏秋冬，无论什么花，她都爱得跟什么似的。

　　小时候，不管什么季节，当我们放学回家，进门映入眼帘的首先是桌上的一束花。

　　母亲爱花是不讲究艺术性的。父亲的老酒瓶，烧菜用的酱油瓶，只要是能插花的器皿，无论好坏，母亲都能插上从野地里采来的花。甚至是春天青菜抽薹，老得没法吃了的菜花，她照样也插在桌子上欣赏。父亲是军人，在那个年代，生怕别人

说这是资产阶级思想作怪。为了这个，母亲没少跟父亲吵架。记得有一次，"文化大革命"的"破四旧"运动中，父亲把家里仅有的一面镜子上的凤穿牡丹图案中的牡丹花，生生地用小刀从背面给刮了个干干净净。那次，真的把母亲给气着了，坐在地上哇哇大哭了好一阵子。

母亲从来都是以节俭出名的。爱花，但绝不会拿钱去买花。但她能把爱花的热情延伸到我们一家人日常生活中的每一个部分。

给我梳头时，母亲可以用红毛线编出一朵绒花，悄悄地别在我的发间，像革命样板戏中的"李铁梅"，或"小常宝"那样。那时候不懂事，打扮另类就觉得丢人，常常跟母亲闹别扭。要不，一出门，就会把母亲精心给我梳理的头发弄散喽，到学校，再满世界找同学帮忙扎辫子。

母亲爱花也体现在吃食上。无论是在二十世纪六十年代物质匮乏的时候，还是现在母亲身体但凡能动弹的时候，她做的面食，永远是花里胡哨的感觉。

一团面，在她手里一捏一搓，就会成为栩栩如生的飞禽走兽、千姿百态盛开的花朵及蔬果。每当这时，我们姐弟三人就会等候在铁锅旁，等待母亲掀开锅盖的那一刻。热气腾腾的蒸汽下，一个个造型别致的花式馒头就成了抢手货。看着我们猴急的样子，母亲开心地嗔怪我们："烫熟你们的黑爪子。"

渐渐地我们都长大了，也都成家了，我们的孩子又成了母亲怀中的心头肉。照样，母亲也会帮我们的孩子打扮得花枝招展的。那时，我们就会很嫌弃地埋怨母亲把孩子弄得乡气、土气。有时，甚至会毫不客气地当着母亲的面，扯掉一些装饰品后，甩手出门。现在想来，真不知道我们夺门而出后，母亲站在门里的感觉是怎样的。

随着时间飞逝，我们的孩子大了，母亲也一天一天地老了。

　　但是，她爱花的秉性一点也没有改变。一有空，就会像小孩一样缠着我们姐弟要出去看花。而我们老是以工作忙、家里事情多等借口搪塞她，着急了，还会嫌她烦人，甚至粗声大气地说："你以为我们都很空啊?!"

　　今年的一月，躺在病床上中风十四年的父亲走了，母亲的天也塌了。

　　父亲的葬礼上，老家的亲戚谈及我们的父亲母亲时，听见我们对母亲有些微词。表弟发疯一样对我们吼道："你们的娘是天底下最好的娘了，虽脾气急躁一点，但她善良厚道。你们知道吗？你们小时候，你们的娘为什么经常不和你们一个桌子上吃饭吗？一不锈钢锅的菜饭，姑父一大碗，你们三小碗，我姑到厨房用开水涮涮锅，就当喝点汤了！真没见过你们这样的白眼狼孩子。"

　　听到这儿，母亲连忙起身拉着表弟说："你姑父要工作，而他们正在长身体的时候，我少吃一点无所谓。"

　　这时，我忽然想起小时候母亲拉着我到部队蔬菜连里收割完的菜地里捡菜叶的情景。为了这事，我一直恨她到现在，从来没有原谅过她。

　　今年的母亲节，我悄悄地给母亲买了一束康乃馨。怕母亲怪我浪费钱，骗她说："这是人家搞活动送的，我给你也拿了一束回来。"母亲把那一束康乃馨端端地插在一只大口的酱菜瓶里，小心翼翼地在里面注满了水。看着母亲开心的样子，我的鼻子又开始发酸了。

　　夜晚的医院，静悄悄的，只有我的心跟着母亲的输液瓶一滴一滴地在滴血。我不敢看母亲的脸，看多了，我越会觉得

亏欠她，而且亏欠得无法原谅自己。只能趴在病床的那一头抽泣。也许是药物的作用，母亲的咳嗽声平缓了许多，她招呼我睡在她病床的那一头。许久，我觉得母亲用手在捏我的脚趾。并且，像小学生数数那样，嘴里喃喃自语："一、二、三、四……一个也没少。"声音很轻，但我听得却是真真切切的。就像我小时候，她为逗我笑，帮我数脚指头，告诉我一个也没少的样子。

我也假装小时候的样子，鼓励她快快好起来，过年再到超山去看梅花。

她扭头对我说："看了这次，不知道还有没有下次了。"

我突然很凶地吼道："老是说这种话，去年说过，今年的梅花不是照样开了吗！真是的！"说完，我就转过身去不理睬她了。

身后，母亲像做错事的小女孩一样："也是哦！今年看了明年你再带我去啊。"

从医院回到家的母亲，似乎真的老了。在这个一切萧条的冬天里，还是反复地、不断地咳嗽。只是，她的卧室里那枝永不凋谢的绢花，依然殷红。

盘镶扣

搬新房子将近一年了，但还是有许多的物品没有整理好。比如一些看看挺好却穿上过时，又想留作念想的旧衣服。

趁着天好，开始翻腾。

我平生最喜欢的就是丝织物品了。现在翻腾出来的旧衣物，大抵也都是些穿旧了的真丝品。当我拿起一件已经发酥的黄底小绿花的衬衣时，自己都觉得好笑。这么破了，还留它干什么呢？

一边翻着，一边理着。把完好无损的衣服整理好重新放回箱子里去；把一些发黄、发硬的放到另一边，思忖着用剪刀剪下哪一块完整的做一块沙发靠垫什么的（虽然完全没做的可能）。

忽然，躺在箱子最底下的两件织锦缎的包棉袄布衫映入我的眼帘。马上拿出来，仔细抖了抖，立马把我的思绪拽回了那个年代。

包棉袄布衫，是 20 世纪六七十年代乃至 80 年代前期女性服装里一个必备的、标志性的衣服。

我生活在江南水乡，对北方女人的着衣不是十分了解。但从现在的电视剧里来看，北方女人冬天穿着棉袄时，好像都是裸衣，没有包棉袄布衫这一说。因为能看见表面行过的针线，甚至有里面棉花被带出来的痕迹。

而南方女人在穿衣时就会比较讲究一点了。尤其是在冬天，棉袄外面是一定要有一件包棉袄布衫的，无论它的质地好与坏。

包棉袄布衫常规的有两种：立领圆肩袖、立领西装袖。立领圆肩袖就是现在流行纯中式服饰；立领西装袖是在纯中式的基础上加以改良的产物，有时我们也称中西式。

做包棉袄布衫的料子是根据年代的变迁而变化的。有棉布的、线呢的、丝绸的、锦缎的、灯芯绒的，直至到后来有了化纤混纺的的确良、的卡等。

包棉袄布衫领子必须是立领的。做领子时，要先用碎布糊上糨糊晒干的绷帛做衬里，按裁剪好的形状用手工细细地密缝固定，然后才依次将裁剪好的各部位进行连接。

衣服做好了，最后的钉扣子是关键。这件包棉袄布衫好看与否，扣子成了点睛之笔。

包棉袄布衫上的扣子可谓是五花八门，普通的有包扣、有机玻璃扣、揿扣等。这三样要数包扣稍稍难一点。就是在包衫的门禁一侧量好距离的前提下，用剪刀剪一个小口，用细小的绣花针锁边，再钉上事先用另布料包裹好的包扣就成。

江南女人的婉约，似乎是素来就有的。即使是在那个缺乏色彩的年代里，也从没忘记过要美丽着自己。除了以上的几种扣子以外，一种制作考究、工序烦琐的盘镶扣就大大提升了衣服的品质。要是能穿上一件缀着盘镶扣的包棉袄布衫出门，胸脯一定会挺得高高的，就连走路的姿势都会婀娜起来。当时，在濮院镇上，穿上缀有花样新颖盘镶扣包棉袄布衫的大姑娘、小媳妇都是这样的。

现在，我翻出来的那两件织锦缎包棉袄布衫上也是端端地缀上了这样的盘镶扣。

盘镶扣的制作比较复杂，确切地说是个技术活，会这手艺的人还真是不多。于是，过年了，你若是想添置一件像样的新衣，买好布料后，要么送到濮院大街与严家汇交会处的洋机店（缝纫机店）里去客做，那里的能工巧匠可以满足你的所有愿望。如果你想要省点钱，找一般的、有点缝纫技术的人帮你加工，再如你还想要做一副盘镶扣，那就不一定了。衣服做好后，可能会给你留下一块另料布，让你自己去找会打盘镶扣的来满足你的奢望。

为了那件衣服的完美，为了得到一副心仪的盘镶扣，你得去求着人家，仰视人家。

妈妈是会制作盘镶扣的，她很热心，不需要求，往往不等人家开口，她就会主动上前对人家说："我帮你好了。"

其实，打盘镶扣真的比较烦琐，搞不好手还会弄得生疼。即使这样，妈妈还是乐此不疲。

制作盘镶扣的第一步是把做衣服剩余的另料铺开，用剪刀按对角裁成七八分的斜条（直条会扭成麻花的）；裁够数量后，用一根相对大一点的针，把布条的一头别在自己的裤腿上，将其两个毛边向里对折后，左手拿着布条，右手拿着一根细细的绣花针，密密地将布条缝上。妈妈说，这叫"缭"。一件包棉袄布衫所需的盘镶扣一般是五个，左右就得缭十条坯带。

布条缭好后，放在一边待用。妈妈会拿一碗水，嘴里噙一口，用力往缭好的布条上喷水。当她噗的一声将水喷出后，一阵白雾就会弥漫开来。我真不明白这是为什么，后来才知道，稍稍潮湿的布条打起盘镶扣来不会发滑。

正式开始打盘镶扣了。只见妈妈先是在自己的手指上绕一个空心结，然后就像现在编中国结的方法，左穿一下，右穿一下，不时地用锥子、镊子，甚至自己的牙齿，使劲地做挑、

拉、捏、咬等动作。不一会儿，一颗黄豆大小的盘镶扣头就出现了。每做好一个，妈妈都会偏着头仔细端详一会儿，看看哪里不满意，擦一下头上的汗，再做修改。

盘镶扣的头要做得小而结实，硬硬的才是上品。盘镶扣的头比较难做，而盘镶扣的襻就比较容易些了，只是将那根缲好的布条对折，留出一个供盘镶扣头扣上的空间就行，其余的同样用绣花针密密地将它们合为一体。

盘镶扣的头做好以后，剩下身后长长的尾巴，就是图案可以有想象的空间了。那两根长长的尾巴，可以像盘镶扣襻那样整体缝合，做成一字扣；也可以将两根卷起来做成蝴蝶扣；还可以做成琵琶扣、金鱼扣、云舒云卷的形状等。只要足够聪明，你可以做成任何一种图案的形状。

盘镶扣做好了后，往衣服上钉更是一件难事。包棉袄布衫上一共才五副扣子，只要有一个，不！即使是一针钉得不好，也会直接被看出来，所以钉扣子十分费力。

盘镶扣，虽然其他图案难做，但缝制的时候却不是最难的，最难的倒是要数钉一字扣了。一字扣在整件衣服上，左右相对称，笔直笔直的，容不得半点不马虎。

钉一字扣时，把做好的衣服平平地铺在板上，用直尺量准了，用画粉画上线，再把做好的一字扣摆好，先粗略固定，再密密地一针一线地缝制上去。

等整件衣服的盘镶扣都缝制完毕，妈妈会把那件衣服挂在衣架上，一屁股坐在竹椅子上，抹一把脸上的汗，远远地看着自己刚完成的衣服，就像欣赏一件艺术品那样。

妈妈乐于做各种手工，她自己做还不算，还非得要教会我。最终，见我十个手指连成生姜的样子，她终于放弃了。

那两件织锦缎缀着盘镶扣的包棉袄布衫早已不能穿了。不仅是衣服样子过时，还有我体型与几十年前的迥异。但是，我还是认真地重新折叠好，端端地放回了樟木箱里。想再过十几二十年，拿给我的小外孙看，再讲讲盘镶扣手工制作的过程。因为，我觉得，现在无论是从商店，或是淘宝上买回来的中式衣服上的盘镶扣，都没有当年缀在包棉袄布衫上的好看、精致。

小时候，门前有口大池塘

　　小时候门前的池塘很大。起码，在我眼里，那时候的池塘确实大得不得了。

　　我记得那个池塘是圆形的，四周种植的杨柳树硕大无比。杨柳或直立，或斜依。直立的杨柳枝很长，一直可以垂到地面上。那些斜倚着的杨柳枝条，在我眼里，就像女人将头发散落在水面上梳洗一样，十分美丽。每当这个时候，我的脑海里就会出现一群头发乌黑亮丽，发梢及腰的傣族，或朝鲜族的姑娘。有时也会把直立的柳树想象成正值青年的男人，那些在池塘里甩发的自然是他们需要呵护的女人了。

　　在省政法队伍里工作过的父亲老是对我们说："这个柳树漂亮，堪比杭州西湖边的柳树了。可惜，没有一株杨柳一株桃。"每每父亲说这样的话时，我就在心里面想象一遍间株杨柳间株桃的画面。

　　因此，妈妈让我带弟弟们出去玩的时候，我就会对弟弟们说："跟着我，到西湖边走走！"

　　那时候我大概也就十岁出一点头，拉着弟弟们的手沿池塘边走一圈，也是需要很长时间的。再加上，我们的走，是建立在边走边玩的基础上的。这样一来，妈妈就可以安心做一点家务，或认真地为我们做一顿手工比较复杂的老家饭，如擀面条、包饺子、蒸馒头什么的。再或者就是在我们刚做好的新衣服的胳膊肘上，"画蛇添足"地缝上密密的另外一块布，以便更加经久耐穿些。

每次带弟弟们沿着池塘边上走，起点永远是斜对着家门口不远处用来洗衣服的大石板边。

现在想来我们都是按逆时针方向转悠的，因为我们首先要经过的是伙房，伙房里冒出来的饭菜香气能让我们咽好几下口水，也能想起来那个小战士在联欢会上的那句快板词："鸡蛋炒辣椒啊，味道鲜不鲜！"还想见到那个"一天吃一两"瘦得像麻秆儿似的钱司务长。

说钱司务长"一天吃一两"是父辈们开玩笑的话。原话是："一天吃一钱，饿不死炊事员；一天吃一两，饿不死司务长。"钱司务长胃不好，家属不在身边，吃得也不多，因此，每当我们走过路过，巧遇的时候碰见，他会有好东西给我们吃的。

再往前走，在池塘的弧形处是一个大晒场，正对着晒场的建筑物是一个让我们那个时候望而生畏的大仓库。我一直不知道这个仓库里面放的是什么东西，有小伙伴说里面放着的是"战备军粮"；也有小伙伴说里面有"武器弹药"；还有的人说里面关押过"逃窜的敌人"。我也问过父亲，这里面到底放着什么？父亲一脸严肃地说："小孩子家瞎打听什么?!"所以，每当走过这里时，我就会不由自主地一手拉着一个弟弟，加快了脚步。

即便是这样，有时也不免会碰到刚从张家桥小店喝完酒回来的温瘸子。刚喝完酒的温瘸子满面通红，一身酒气，看到小孩子会在油腻的脸上堆满了不知道是啥意思的坏笑。

过了池塘的西南角就是战士们的宿舍。宿舍里时常飘出来的歌声吸引着我们，但更吸引我们的是靠近宿舍边上的那条小河沟。

小河沟是由一个大圆口直通进池塘的。我不知道这些水是从哪里流过来的，凭我当时的那双脚是不可能追溯水流来源方向的，我只知道这汪水一年四季都汨汨地流淌着。碰到夏天，我会脱下塑料凉鞋下到水沟里，用簸箕堵住进水口，再让大弟弟用竹梢抽打水面。当我们猛地一下提起竹簸箕的时候，许多闪着银光蹦跳着的小鱼就出现在我们面前。

鱼很小，根本不能食用，那也架不住我们小心翼翼地把它们装进玻璃瓶子里。看它们游弋，看它们翻着肚皮躺在水面上睁着死鱼眼，嘴巴一张一合地喘气。

抓完鱼就是要到玻璃房子里去玩了。

这真是一座玻璃建成的房子，屋顶墙面都是玻璃的。我们进不去，只能隔着玻璃看里面的瓶瓶罐罐。父亲说那是搞科研用的，于是，我就对这座玻璃房子肃然起敬起来。

隔着玻璃房子玩耍最大的乐趣就是你在这头，我在房子的另一头，虽相去甚远，但依然能清晰地看到你的一举一动。再有，就是把自己的脸使劲贴在玻璃上，让五官压成扁平的样子，当相互看到对方的鼻子扁了脸也扁了的时候，就会开心地大笑起来，直到笑得鼻涕冒泡为止。

就这样，又过了四五年，我跟随着父亲的工作调动，离开了那个地方，离开了那个被我称作"杭州西湖边"的大池塘。

许多年以后，父亲病重，突然比画着提出要到以前工作过的地方看看。真真要到他工作过的省城是不可能了，离开多年，还不知道他的原部队是个什么情况，更糟糕的是他现在只能勉强靠轮椅或让人扶着才能直立起上半个身子。即使是这样，也坚持不了多大会儿。

为满足父亲的愿望，我和老公还是开车把他带到了他曾经被省公安厅下派去工作了几年的运河农场，去看一看他工作过的地方，看一看门前的那座大池塘。

去的那天天气有点炎热，我们找到自己曾经居住过的房子时，父亲有点儿激动。我知道红瓦盖顶的房子是部队营房的标志。

父亲下意识地抬了抬因为中风不能动弹的右手，我知道他想行一个军礼，连忙上前，帮他抬起那只软绵得如面条一样的手，放在了他的眉眼边。

母亲喉咙有点儿哽咽，不过还是忘不了奚落一下父亲："咿呀！你敬礼敬成这样了？！你当年的厉害劲儿哪去了？"

父亲没有恼，只是咧嘴笑了笑。

父亲由母亲照顾着，我就领着老公参观小时候住过的房子。房子是两间并排着的，在靠东面的墙边搭了间临建房，当小厨房用。我曾经把在放学后拾来的柴火，整整齐齐地码放在墙边，还把大小柴火分门别类，便于引火用的、炒菜用的、煮大件东西用的。

老公走进来问我，你小时候住的是哪间啊？我走进房间正准备告诉他的时候，忽然发现这个房子怎么这么小啊！屋子中间只用一块泥板墙隔开，父母住隔开的里间，而我和弟弟们就住在外面间。里面的那间只够放下一张床和一张桌子，外面的一间也是这样。里面的桌子上放着一个箱子，外面靠窗的地方就是我们用来读书写字的地方。吃饭我记得是在厨房里完成的。我转身问父亲："真想不到，以前这么小的地方怎么住啊！"

母亲白了父亲一眼，指着隔壁的另一间说："喏，其实这间也是我们的，你爸爸思想好，硬是让给新分配来的干部。说你们还小，挤一挤没事。"

这会儿，我从父亲的眼神里看出他的不满来。我知道，为

了这个事，母亲唠叨父亲一辈子了。我赶快转移话题，说："去看看我们的'杭州西湖'！"

我和老公来到常常炫耀的大池塘，以及在大池塘边上发生的许多趣事。突然我愣住了，不知道是常年没人管理，淤泥得不到清理还是怎么的，我脑海里记忆深刻的大池塘怎么就变成了现在这样小了，皱皱巴巴的好丑！

杨柳树还依旧在，只是几十年过去了，直立的树干更加粗壮高大，斜倚在池塘水面却没有了往年的妖娆，而是像一个病人的躯体，任已经发了绿的、有些黏稠的池水在自己的秀发上飘来荡去的。

老公在原地发问："这会比杭州西湖大？"我也自嘲地说："对啊！这就是我童年时期的杭州西湖啊！我也不知道它现在会变成这么小一点点。"

母亲推着轮椅上的父亲过来了，她告诉我池塘本来是还要大一点，但也不是你说的那样，和杭州西湖那样大。

我笑着问母亲："那我带着弟弟们走一圈为什么就觉得老是走不到头的，老远老远的，真的好大好大呀！"母亲笑着说："那时候你的腿多长，脚多大？现在你的腿又有多长，脚又有多大？不想想！"

我的思维忽然跳跃到了十岁左右，眼前出现的还是当年那个池塘，还是当时的我们姐弟几个。

我想到了曾经有人对我说过的话："人的认知程度是会随着心智的成熟而发生变化的。"又想到在读《幼儿心理学》《幼儿教育学》时，我的老师为什么再三要求我们在与孩子交流时，一定要蹲下来与他们对话的教诲。

人的视野是会改变的，观念也会。这是必然的。驱车回家的路上，儿时池塘美丽的画面已经开始淡远。同时，脑海里又纠结着：现在已被戏称为"肚脐眼儿"大小的池塘以后的命运走向与形态。

离池塘不远处，那个曾经让我们敬畏无比的大仓库已经不见了踪影，而且四周还被竖起了高高的围墙。

远处曾经飘出嘹亮歌声的战士宿舍还在，杨柳树上的蝉啸与水草间的蛙鸣依旧。

相聚，说说小时候的事

　　父亲年轻的时候工作调动多，我们跟随父亲走南闯北，去过的地方也就多。小时候跟着父亲走的地方多了，结识的小伙伴就多，因此，成年后，就会有许多来来往往的发小。

　　小时候记忆最多的就是，父亲调令来了，我和弟弟就得斜挎上自己的小军用包做好出发的准备。为了能多带东西，妈妈还不忘在我们的小军用包上别上小水壶，系上喝水杯，以及网兜里的饭盒、牙具什么的。走起路来丁零当啷，发出声响不说，还打得屁股生疼。每到那时，父亲就会开始把自己的背包打得方方正正，打得挺括结实，再把自己的军用鞋塞进四方四格的背包带里。

　　而母亲则背的是一卷花被褥，臂弯里挽着一个放衣服的包袱皮。每到这时候，我们姐弟就会唱起歌曲："军队和老百姓，咱们是一家人，嗨嗨，咱们是一家人！"

　　那时候父亲在我们心目中就是光荣的象征。而母亲，充其量就是一个支前模范的形象代表。

　　每到一个地方，我们姐弟都会结识一些小伙伴，尤其是在运河农场时期，因为我们一家人在那里居住的时间有六七年之久。

　　去年春天，在嘉兴图书馆工作的华丽姐姐把我拉进一个叫"运河之畔"的微信群。进群一看，呵，都是我的发小。凭着看他们的名字，脑海里立刻浮现出小时候的各种情景来。于是，在春暖花开的日子里，我们就相邀在一起聚聚，见一见彼此几十年后的现实模样。

日子定下来了，我热情地邀请发小们来我家坐坐。

我邀请发小们来家坐坐是有原因的。一是我开车出远门怕自己车技不好，有点胆怯；二是我刚装修了新房子，有个院子，发小们有足够的空间玩耍；三是我现在居住的石门现时的春色实在是太美了。

发小们相见的时候，为考验我的记忆力与辨识能力，居然都不做自我介绍，男男女女排成一行，让我说出他们的名字。

孩提时的记忆是深刻的。我面对一大排老头老太太，除了个别的张冠李戴外，大部分能对得上号。

发小们相聚，最离不开说的是小时候的事情。席间，华丽姐姐让我们每一个人说一件自己小时候印象最深刻的事情，哪怕是糗事都可以。

我的邻居石飞哥哥说他在学校午睡时间，当老师睡着了，就把手伸向窗外摘外面的桃子吃，吃完了，把桃核扔出窗外打鸟的事情。这时，我想起了我的学校就建在一大片桃林中间。我春天为桃花着迷，初夏看桃子青红，秋天看落叶萧萧，冬天看枝头雪花飘飘。

记得有一次上语文课，吴雅娟老师正在黑板上教生字"企图"。我为了看朵朵桃花中的蜜蜂起舞，神情太专注，当被吴老师敲黑板，叫起来读黑板上的生字时，竟然把"企图"读成"泥土"，引来同学们哄堂大笑。我清楚地记得吴老师无可奈何地对我说："下次抗美援朝让你去吧，直接把美国鬼子摁泥土里去了。"当时把我羞得恨不能钻桌子底下去。

正在我回想着往事的时候，华丽姐姐毫不避讳地讲了自己的两件糗事。第一是跟邻居男孩吵架，因为吵不过人家，就想

着报复他。正巧看见邻居男孩家种有几棵向日葵苗，她趁男孩家人不注意的时候，偷偷溜进去，把男孩家的向日葵头给掐了。多日后，邻居家的向日葵就从独头花盘变成了往四处乱的多头花盘。当然，到了秋天是不会有收获的了。第二件，也是跟邻居家男孩吵架的事情。华丽姐姐说，当时物资比较贫乏，一年也吃不起几次肉。可是为给男孩讲一个道理，她硬生生地把邻居男孩正在水池边洗的肉给扔在了煤渣堆里，害得男孩哭了半天也抠不干净嵌进肉里的煤渣。

听到这，我们都忙着问华丽姐姐："你们俩谁大？"华丽姐姐回答："我们两个一样大。"

又问："你要跟他讲什么道理啊？"

华丽姐姐说："我要他知道，不能随便叫别人父母的名字，尤其是用骂人一样的语气。"

我们忽然想起来了，在当年，小伙伴们吵架，最有力的武器就是直呼对方家长的名字，如果这个家长的名字有点谐音，再起个外号，那就是奇耻大辱啊！会拼了身家性命去斗争的。

这时的我们，早已过了血气方刚的年纪，竟然孩子一样想起了许多当年让我们当笑话一样喊的名字。如："计（几）根发、程金（神经）发""范伍贵（乌龟）"等。特别是一个同学的爸爸叫"吉华宇"，我们硬生生把人家叫成"计划生育"，叫的时候还把中间那个"生"轻声化。

这次发小聚会，我的年龄在他们当中属于比较小的。他们做的那些事，我有印象，但没参与。因为从小就患有哮喘病，除了读书、表演节目外，我连赤脚走泥路、爬树下河什么的一概都不会。

轮到我讲的时候，真的没有什么可以讲的，就说，我小时候做过一件错事，一直到现在没敢讲出来。

　　我这一讲，就吊起了大家的兴趣，一致要求我讲讲是什么错事。好吧，讲就讲吧，反正这几十年来，这件事一直埋在我心底，折磨着我都快成心理疾病了。

　　我说："刚才，石飞哥哥说夏天在学校午睡的事了，大家记得吗？班级午睡时，往往老师比我们先睡着，还打呼噜。"

　　大家一起点头说："对对对。"

　　"等老师睡着了，我们都会跑到外面去玩，估摸着时间差不多了我们才会回来。"

　　大家又说："是的是的。"

　　记得有一天，吃完中饭，老师又先睡着了。我们一个一个从拦在门口的长凳子底下爬出去，那天我也爬出去了，跟着大家一起来到运河边上。

　　"你们还记得机务连边上有几条小船吗？"我问大家，大家都说记得记得。

　　"那天不知是谁想出来的要自己划小船去模仿解放军出海打仗的。我人小身体不好，不敢上船，大家都嘲笑我是上不了战场的胆小鬼。忽然，有一个人命令我去找一根竹竿来，他们要学习《闪闪的红星》里的潘冬子，打土豪分田地去。我想，我上不了船，总得为'革命'做点贡献吧！于是，连忙在岸上找起竹竿来。小船的缆绳已经解开，可是我的竹竿还是没有找到。船上的人连骂带吼的，我心里一慌，就顺手捡了一根向日葵秆递了过去。一个男同学用向日葵秆撑了撑河岸说：'行。'可不到一秒钟，向日葵秆就从中间软了一下，整个小船就像一个盖子一样把同学们扣在河里了……"

　　没等我把话说完，华丽姐姐就说："原来是你啊，害得我弟弟回到家挨了一顿好打！"

　　我问："为什么？"

　　"他们这群疯孩子出事后，竟然找不到出事的原因。"华丽姐姐没好气地说。

　　另一个发小马上说："好在有一个大人经过，救起了所有孩子。听说那个人是一个政治犯，不过因为这件事，他被释放了。"

　　看发小们谈论着这件事，就像讲一件陈年旧事一样，我心里积聚了将近半个世纪的负罪感也随之远去。

老柴与老龚

老柴与老龚的关系，用通俗一点的话来讲，那就是，两个从小一起长大的赤屁股小弟兄。

小时候两家相邻而居，房子只是一个夹弄。谁家烧点什么好小菜，一闻就知道是红烧还是白灼。常常是你到我家锅里拿一个红薯，我到你家盆里抓一把樱桃。孩子们上学下学一起，回家作业也一起在晒谷场上完成，从来也没有分出个你我。

可就是这样一对像亲兄弟一样的好朋友，已经有近三十年的时间没讲话了。即使是面对面碰见了，也好像陌生人一样，淡淡而过。再加上各自长大成家，农村建房又将他们一个分在了村东，一个分在了村西，平时连面都不大碰得上，更别说有什么联系了。

前年，村里发展村落文化，开展建设美丽幸福新家园活动，以两两组合的形式建造新屋。谁和谁组合，谁和谁做邻居就成了村民的头等大事。大多数的村民都是自愿组合，或自家弟兄、宗族带亲的建在一起。可，老柴是家里的独子，两个妹妹远嫁到别的村去了，只能跟其他村民组合了。为了避免村民之间在选址上产生矛盾，村里采用最原始的方法——抓阄来确定新屋所在的地址。

老柴与老龚所在的村是个大村，人口众多，抓阄现场人声鼎沸，抓到阄的人不仅要到村规划图上找到标注的位置，零星散户们还得找到自己将来的邻居。

也许世界上的任何事本来就是一个"缘"组成的，当老柴抓好阄来到村里设置的工作台前登记时，发现，与他相邻的正是老龚。于是，他来到了村工作人员处，想要看看有谁能和他调换一下。

女儿过来了，一看老柴抓阄抓的新址不错，看他犹豫，女儿就说："多少年了，多大点事嘛！不行，这个阄不错，不能换！"女儿又说："担什么心呢，再怎么样，不是还有一道围墙吗？"

听女儿这么一说，老柴觉得也没什么，想着他过他的日子，我做我的人家。

就这样，两家人各自盖房子，砌围墙。界限分明，倒也没有产生什么矛盾。

日子过了一个四季，第二年的春天，住在西院的老龚在墙角边除了种花种草以外，还种下了几株葫芦秧。夏天的时候，一个一个毛茸茸的小葫芦就叮叮当当地爬满了藤架，还调皮地爬上了隔壁老柴家的那棵大枣树。

葫芦长大了，沉甸甸地把那棵大枣树压得弯下了腰，老柴心里很不是滋味。采了它吧，不知道那个老龚会怎么想他，还以为他贪小呢；不采下来吧，枣树上正开花结枣呢！那葫芦藤会把大枣树缠死的。

树上的葫芦越长越大了，老柴看着自家的大枣树实在心疼，心一横，用大竹竿细细地把大枣树上的藤蔓一根一根地挑到围墙外的葫芦架上。正当老柴挑得起劲时，啪，几个葫芦掉在了围墙那边的地上，碎了！

只听见隔壁吱的一声门响，又听见老龚闷闷地骂了一句："赤佬！没文化的人就会做这种事情。"

这时的老柴憋不住了，也隔着围墙回道："骂谁赤佬啊？

把人家枣树都缠死了，还有理骂人，碰到你这种赤佬倒是真的！"隔壁老龚回道："啥人操心啥人是赤佬！"

老柴文化不高，脾气也爆。但在有理的事上他是一点也不肯平息。看隔壁老龚这样骂他，扭身回到屋里拿出一把剪刀来，对准攀爬到自己院里剩余的葫芦藤，嚓嚓嚓剪了个干干净净。

不一会儿，不甘示弱的隔壁老龚也拿出一个长竹竿，对准伸向他家院落的枣树枝，啪啪啪打了起来。

一时间，青藤满地，落叶纷飞，花盆、泥巴嗖嗖飞了一地。老柴与老龚三十年来，第一次痛痛快快地扭打在门前的小公园里。

村委会里，老柴与老龚两个人分别坐在调解室桌子的两头。村调解员小吴看着这两个小老头，又好气又好笑地摇摇头："五六十岁的人了还打架，要被你们孙子笑死了！真叫作孽啦！为了这点小事。"

老龚摸了摸头上的鼓包："忍你三十年了，今天还要来欺负人。"

原来，老柴和老龚三十年的不和是因为一句玩笑引起的。

三十年前，老柴已经成家，女儿也已出生，可老龚却一直是单身。不但老龚的父母急，老龚自己也急。只要有女同志路过，都会多看几眼。久而久之，有一些不怀好意的人就背地里叫老龚"花毒头"。老柴作为邻居不但不帮他，有时也会跟着起起哄。

一天，村里有户人家杀了只年猪，几个年轻人帮完忙以后就留在了主人家吃酒。酒到酣时，不知谁又说起老龚的事情。趁着酒精的作用，老柴打趣地说："老龚啊，主要是姓得不好，姓龚！我小时候老是把龚读成大粪的粪。粪上开花

啊!"此言一出,引来一片哄笑。从此以后,老龚又有一个新绰号——"粪毒"。

那时的老龚气呀!本来就为婚姻大事着急,现在可倒好,自己的赤屁股小弟兄这么损他。

酒醒以后的老柴也对自己的言行后悔得要命,但老龚的新绰号已经形成了。真是好事不出门,糗事行千里啊!

从此以后,老龚就再也没有和老柴讲过一句话。老屋翻建时,毅然搬到了村东头。就连后来老龚娶了个镇上姑娘,在镇上办喜事场面那么大也没请老柴一家。

村里调解的结果是:没有造成多大的损失,各自负责自己的医药费回家。

这件事以后,老柴用装修剩下的塑料扣板在围墙的这一面竖起了一个挡板,彻底不让他家的藤蔓攀爬过来,下定决心与老龚老死不相往来了!

竖板这么一挡,让老龚更加气愤。这样一来,他家种在围墙边上的植物要到中午才能晒到太阳了。

时间就这么过着,一晃又是半年多过去了。

深秋的乡间村庄,景色十分宜人。吃完晚饭的老柴牵着他那只小泰迪优哉游哉地在村街心公园喷泉处散步。正当他专心欣赏秋景时,一只不知从哪里窜出来的小草狗,对着老柴牵着的小泰迪一阵猛追。受了惊吓的小泰迪挣开了拴狗绳,"嗵"的一下,跳到了水中。老柴也随即跳入水中,救他心爱的狗狗。

老龚下班回家,正好看见了这一幕。面无表情地走着。他知道,老柴水性很好,不一会儿就可以上来的,只是深秋的水有点冷罢了。他还在心里幸灾乐祸地笑了又笑:"活该!让你也出一出洋相!"

正当老龚快要走完这个水塘，转角回家时，发现后面没有一点动静了！于是，他好奇地回过头看了看。

糟糕！水面上没有老柴的人影，只有一簇头发。

"不好！"老龚想都没多想，一边脱身上的衣服，一边跳入水中，一把把老柴拽上了岸。

原来，老柴仗着自己的好水性，又是自己家门口的小水潭，想捞起自己心爱的小狗。没想到，秋深水凉，一下去小腿肚就抽筋，渐渐地就往水中央滑，再后来，就体力不支了。

自那以后，老柴主动拆除了围墙边竖起的挡板，自家小院蔬菜成熟时，会扎一小把挂在老龚的门把上。老龚呢，也觉得以前的事其实也没多大。一来二去的，两家门前的小公园里，就会经常看到两个老人下棋的身影，老柴家的大外孙也会带着老龚家的小孙女滑滑板车。

以后的日子里，无论晴天雨天，新村粉墙上，"邻里和谐"的大幅标语都显得十分耀眼了！

老 华

  桐乡人说一个人"不乖"，绝对不能理解成为这个人有点调皮，有点小坏的意思；也不能与孩子们的那种"不乖""不听话"等同起来。这个"不乖"有点贬义，说他"不乖"就等于说他的智商、情商都有点问题。老华就是一个"不乖"的人。

  老华是一个泥水工人，确切地说是一个泥水小工，也就是在工地上打打下手、做做辅助的那种。

  认识老华是我家里要封个露天阳台。因为这个露天阳台常年暴露在外，日晒雨淋的已经开始风化了，有点小裂缝，四周的墙面背阴的地方还长出了几丝小草和青苔。这样不仅美观谈不上，还容易造成楼下房间的渗漏。所以，决定将露天阳台用铝合金与钢化玻璃给封了。同时，也清理清理墙面，贴上瓷砖，一劳永逸。老华就是跟着这个施工队一起来的。

  为了不破坏室内已有的装修，施工队决定从西墙边开始搭一个脚手架往楼上运送材料。当那个领头的像猿猴一样在地上找支点，在手架上拧铁搭扣，上上下下忙活的时候，是老华一根接一根地从外面把那些钢管扛进来的。

  老华是小工，只管运输，也就是把车上的钢管、铁搭扣一根一根地运进来。

  老华个子不高，身子有点墩实，穿一件深紫红色的衬衣，走路时，姿势蛮有特色。

钢管有点长，他扛钢管的时候我总觉得哪里有点不协调。扛得太靠前，后面就有点拖地；扛在中间，又觉得两头吃不着力进不了院门的感觉。但不管怎么说，在那个领头的催促下，老华的工作倒也跟得上节奏。

外面工人们在干活，我在里面烧一些茶水，以备干活人口渴时饮用。门前廊下的门是关着的，怕我们家小狗趁家里乱跑出去。文明养犬，没有人带着或没有牵狗绳出去，小区里都是不允许的。忽然，小黑狗对着玻璃门廊就是一阵狂吠，我连忙出去看个究竟。

原来，是老华立在门廊外。看着玻璃门内小黑狗勇猛的架势，他有点害怕。我连忙上前喝住吠叫的狗，开门问老华他有什么事情。

老华木木地说："我想借你们家洗手间用用。"上下打量了老华一下后，我皱了皱眉头，还是开门让他进来了。

我是让老华进来了，可我们家小狗却是不依不饶地瞪着眼，拱着头上蹿下跳地发火。

好长一会儿，老华终于从洗手间里出来了。为了礼貌起见，我提早将小狗抱在怀里，好让老华出门，并对小狗说这是帮我们家干活的，不能叫的。

老华走到门廊外了，小狗也停止了狂吠，但依然是瞪大眼睛盯着老华。

原本以为老华继续去工作了就好了，没想到，走了一半道的老华突然转身返回，对着卧在台阶上的小狗一本正经地说："你不能对我这样叫的，我是来你们家做生活（干活）的，听到没有啊？你这样叫我心里有点怵兮兮的。我要是一怵，做生活就要拆烂污了（完蛋了）。晓得伐？"

老华立着身子用眼睛盯着小狗，小狗也用眼睛盯着老华，

人与狗就这么四目相对着。我不知道我们家的小狗有没有听懂老华的话，我也不知道这场对话有没有效果。反正，我们家小狗安静了许多。这场面，我有点诧异。因为老华对小狗说话的语气有点像是在与谁理论一样，抑或像教育自己孩子一样。看到这样的场景，我忍不住想笑。虽然，老华有点"不乖"的感觉，但还是蛮可爱的。

脚手架已经搭的蛮高了，站在高处的"灵活人"在大声地催老华。老华"墩墩"地跑了过去，挂在屁股后面的钥匙慌乱地颤抖着，没有一点节奏感。

临近四月的江南，只要一出太阳，就会很热。脚手架上的那个人只穿了一件短袖T恤干活，而不停来续水的老华更是热得汗流浃背。我心想着：穿一件衬衫还热成这样？看来，小工做的都是力气活。

等他再次来续水的时候，我看清了，这么热的天，老华的深紫红衬衣里竟然还套着一件半圆领棉毛衫。

第二天老华没有来，第三天也没有看到老华的身影。也是，小工嘛，就是有活儿就干，没活儿自然就不用来了。

许多天以后，老华还是来了。这次来，老华的工作是和水泥，负责拎泥桶。天气依然有点炎热，老华干活的时候也依然是汗流浃背的样子。

晌午的时候，老华腰间的手机响了。他脱下手套，从那个有些破旧的皮套子里取出一个黑色的手机。

老华打电话的声音很响，以致我在书房里都能听得见。从他的电话内容里我大概能知道是什么地方急需要用钱的事情。

从窗框里望过去，背对着我的老华最后发出的声音却不似他脸庞那样没有特色。末了，只听见他平和地说了句："钞票我来想想办法看。"

楼上正在贴砖的大师傅等老华拎着一桶泥浆上来时，对他说了一句："你家'老娘'又来讨钞票了吧！你天天挖空心思做生活，还不够你'老娘'用？"

老华只是"嘿嘿"地笑了一声："挣钞票本来就是给'老娘'用的嘛！"又说，"'老娘'喜欢把钞票存银行……屋里也在造房子嘛！"

哦，这里说明一下，桐乡方言极具着十里不同音的特色。就是城镇、乡下隔着一条河港，虽也听得懂，知道意思，但他们的发音与称呼也会有明显的差异。特别是在农村乡下离城镇较远的一些地方，称呼上也是有着许多的不同。最有特色的是除了把妻子唤作老婆外，还常常唤作"老娘""大娘""家主婆""屋里厢的"等。

在后来的交流中，我从大师傅口中知道了老华是怎么挖空心思挣钞票的许多趣事，也大概了解了老华家的一些情况，并知道了老华的"老娘"其实也有点"不乖"，以及一个铜板都要捏出水了的许多不上台面的糗事。末了大师傅还感慨地说了一句："他这个'老娘'乖不乖痴不痴的，精起来要死的。"

在工程完成的许多日子里，我都没看见过老华了。日子再一长也就想不起来这个人了。

可是就在前不久，协会里组织的一次新农村建设的参观采风活动中，我却意外碰见了老华。

其实，我已经不记得老华了。而当我走过一个正在建造的农民新村集聚点的时候，忽然被一阵接一阵的钥匙晃荡声给吸引了。我循声望去，只见一个穿着马夹汗衫的黝黑身影在我面前晃过。我又看见了那串钥匙在屁股后面裤腰带上的欢快跳跃，我马上想起了那个老华。

在我抬眼的瞬间，老华也完成手中忙碌的工作，他一愣，似乎也认出我来了，但并没有更多的表示，只是看了我一眼就转过身去忙其他的事了。

"这是你自己屋里造房子啊?!"我对着他的背影问了一句。老华只是"嗯"了一声就自顾自地搅拌着水泥。我想起了这个老华有点"不乖"，就没有多跟他搭腔。

我还没走多远，老华就从背后拿着几个刚采摘下来的嫩玉米追出来，并叫道："老板娘，老板娘，这是家里自己种的，没有打药水的，带点去吧。"

正当我的脑子还没有捋顺回到正常思维中的时候，老华就将盛着几根玉米的马夹袋塞到了我手里说："十块钱。"又指了指一棵大树上的二维码："扫这里就可以了。"

手中的几根玉米鲜嫩可爱，看来确实是刚刚采摘下来不久，细闻一下还有甜甜的味道。抬眼的地方，那个大概是老华"老娘"的女人正从在建新房的不远处的玉米地里出来，篓箕里的玉米同样十分新鲜。老华转身离去，留给我的背影是急急忙忙又加上匆匆的。

耳边，依旧传来那串在老华屁股后面来回跳跃着的钥匙声。那声音在此刻，显得那样悦耳动听，又伴随着无限的欢畅。我想起了那个大师傅在说老华挖空心思赚钱时的表情。

也是，钱只要赚得心安理得，赚得正正道道，又有什么可以说的呢?

温夜壶

　　"温夜壶"其实是个人名。江浙人说话语系属吴方言，平、翘舌音不分，前鼻韵母与后鼻韵母不分。如：河与湖的发音同为"无"，王与黄同发音为"杭"。我私下里就一直思忖，我们桐乡的杭白菊，可能不是因为哪个商人怕别人抢他的生意而故意将商标注册地写成杭州的吧？根本就是桐乡人将"王""黄"读成"杭"的缘故。而杭白菊的花朵也正好是黄芯白色花瓣，说黄白菊也许是正确的。

　　这个"温夜壶"的名字，后来我们几个发小考证了一下，他应该叫"温耀武"。因为嘉兴桐乡一带的人把"夜"的音发作"呀"，"壶"发作"吴"。

　　路上遇到哨兵检查时问："站住，什么人？"温夜壶就会毕恭毕敬地回答："报告，温耀武！"

　　由于他不是本地人，方言口音浓重，加上喝了酒后口齿更加不清，不管是谁，都会将"温耀武"听作"温夜壶"。

　　老早就听大人们讲，这家伙是新中国成立前流窜过来的，身份有点复杂。可他自己经常讲他的老家在安徽，但具体是哪里早已记不清了。他酒喝多的时候会吹嘘一下自己的历史：丐帮头子，练过武功，好劫富济贫，从不做坏事。

　　也是，看他的样貌也衬得起他这个丐帮头子的称呼。将近一米八的个头，四肢发达……哦，说起四肢，我必须在这里说一下，温夜壶少了一条腿。

温夜壶因为少了一条腿，身份又特殊，所以在我们生长的这个环境里就是个另类。

我有点怕温夜壶。首先是他少了一条腿，那条腿是膝盖以下部位被锯掉的，只是留下七八厘米的样子可以弯曲。冬天扎紧裤管不觉得什么，可到了夏天，他就会将他的那条断腿给裸露出来，站累了，啪的一下，将断腿架在椅子背上，皱皱巴巴的疤肉已经泛紫。有的时候那块肉还会抽搐一下，我马上就会想到拱地的猪鼻子、喷水的大象鼻子——有点恶心。

第二个害怕温夜壶是因为他酗酒，喝得醉醺醺后，就开始骂人，总是拿拐杖追那些不入调的人。

温夜壶有点功夫，他拿拐杖追打人，一手拿拐杖，一个脚向前蹦。蹦七八十来步，停一下。嘴不停脚不停的，从来也没见他因为失去平衡摔倒过。有的时候我空想着，万一他摔倒了，谁来扶他起来呀？

第三个害怕温夜壶是因为他太脏了！无论春夏秋冬，我都感觉他是油滋滋的。我看见过他盖的被子，晒出来路过的人都会闻风而逃，唯恐避之不及。他穿上再好的衣服，都会像叫花子。特别是系在腰上的那根绳，我的天呀！根本看不出原本的颜色来。

所以，我们小孩子在路上行走时，要是哪个人恶作剧地喊一声：温夜壶来了！我们保管会跑得飞起来，还会传来一片哭喊声。我的一个同学就因为这样，慌张跑步时磕掉了两颗大门牙。

不仅这样，温夜壶还有点赖皮腔。到月底了，他的钱都喝酒喝完了，就会到处讨吃的。一听见门口有嗵嗵嗵的声音传来，妈妈就会告诉我们，赶紧把吃的放好，温夜壶来了！听到这里，我们内心的害怕不亚于听到"大灰狼来了"，大家赶紧乒乒乓乓地关上自家的门。

即使是这样，温夜壶还是会在你家门口高声大喊。不给他吃的吧，四邻听见了难免会说你有点小气；给他吃的吧，他的食量又大得惊人。那年月，谁家也不富裕啊！有时候我妈妈气得跺着脚骂他："你个温夜壶，瘟东西！"

骂归骂，我妈妈还是会把家里比较好的吃食拿出来倒在他自己带来的碗里。一是我妈妈要面子，二是这温夜壶嘴比较刁，不好吃的东西给他，他也会嫌弃的。

吃好了，他把嘴一抹，还不忘做出一副绅士的样子说声"谢谢"，要么就咧开嘴给你唱一段小曲儿。

只有在他唱小曲儿的时候我才不会讨厌他。因为他唱的小曲儿有板有眼，音色好听极了。

许多年以后，在幼师上音乐课的时候，老师教我们学习各种民间小调，我这才知道，温夜壶唱得好听的小调，原来是安徽著名的《凤阳花鼓》。由此推断，温夜壶有可能是安徽凤阳人。

有的同学还传说他以前当过土匪，还乡团。不管怎样，在我眼里，温夜壶就是一个垃圾人、无赖，一个痞子加酒鬼。即使知道他的真名字，我还是一样叫他"温夜壶"。

一个炎热的黄昏，温夜壶又喝醉了。竟然躺在我家门前的水泥地上号啕大哭。一问才知道，有个出格的人偷偷藏起了他的拐杖，并要他说出那个被打断腿的凌晨是去偷东西还是去轧姘头。醉归醉，温夜壶坚持说自己是晚上去挑水误伤的。

温夜壶的腿是被哨兵打的这个大家都知道，可为什么会在黎明时分打他？天还没亮温夜壶不睡觉出来干什么？

温夜壶自己的述说是：和别人约好了，一起到离部队农场十几里地的小镇濮院去吃早茶。说是吃早茶，其实就是去吃酒，濮院镇上了年纪的人去茶馆吃早茶，往往是吃烧酒的。

我在这里也说一下，温夜壶在部队农场工作。他原本与农场没有关系的，据说是从外地到濮院找他的相好的，没想到误入了农场，身无分文的他就想着打点零工暂时安顿下来。

也是那个连队的临时管理人员把关不严，竟答应了下来，他的工作只是帮连队食堂挑水、烧火。

我想温夜壶是算好时间的。他要赶在炊事班起来做早饭的人之前把水挑满，把大灶里的火烧着，就可以到濮院去吃老酒了。那天，他可能起早了，也不知道什么时辰，挑着担桶就往河边走。没想到碰到了流动哨兵，哨兵大声问："站住，什么人？"

这个赤佬竟然不吭声。事后问他为什么不吭声，他竟然回答："老子丐帮头子，都是小喽啰向我报告的。我理他?!"

见黑影没吭声，哨兵又喝道："再不站住就开枪了！"说时迟那时快，哨兵对着飞跑的黑影开了一枪。

听到枪声，警戒着的探照灯全部都亮了起来。大家围拢一看，原来是那个打零工的外乡人。

后面的事情，温夜壶多次向我们炫耀："打我?! 照样得把我送到嘉兴解放军医院。"他说，他这一辈子没有哭过，只是那个医生骗了他。"用一块布盖住我的脸上，让我睡一会儿。当我醒来，我的腿啊！那次我真的哭得好伤心，我是那么一个要强的人，怎么可以没有腿呐?! 你们把我的腿弄没了，我今后怎么办，那个女人不会要我了。反正我也回不了老家了，我不赖上你们，赖上谁？"

从此以后，温夜壶就在农场安家了，就像谁欠了他什么似的，想到哪儿就到哪儿，来去自由。其待遇为农场场员，这是一种特殊的身份，比犯人自由，比农场职工待遇低得多。也就是一些犯人刑满释放后不愿意回去，或无家可归，可以留场当场员。场员是有工资的，基本可以维持生活。

以后的日子里，温夜壶更多的时间是住在我们武装连的。不为别的，就是为到濮院路程近一点，方便一点。

温夜壶到濮院，不说是天天吧，总是在隔三岔五的。腰间别着的酒壶咣当咣当地在他的拐杖与断腿之间摆动。特别是下雨天，拐杖陷到泥里老深了，他都会用力拔出来继续前行。我给他算了一下路程：从我们武装连到团部大约五里路；团部到运河边的庙智渡口两三里路；渡过运河，上岸到濮院十几里路。如果小镇上没有什么人让他牵挂的话，我想他大可把酒多买一点回来慢慢吃。

温夜壶就这样在我们的面前晃荡了好多年，我对温夜壶改变看法是因为一件事。

每年七月二十号左右，是双抢开始的日子。所谓"双抢"就是抢收抢种，把早季稻抢收回来，把晚季稻抢种下去。

这天下午天气十分炎热，为避高温，兵团战士们都还在午睡，四周寂静得有点瘆人。

两个兵团女战士来连队食堂拿烧好的绿豆汤，刚一进食堂的大门就听见两个女生尖利的叫声，才一会儿就见二人哭着跑了出来。在一旁打盹的温夜壶闻声拄着拐棍过去一看，立刻就抢起拐杖打了过去。

原来，一个来连队探亲的社会青年正在食堂洗菜池里净头赤膊地泡澡呢！温夜壶一边骂一边往外拖他。

温夜壶的吼声震耳欲聋，午睡的所有人都赶来了。只听见温夜壶说："小畜生，老子走过三山六码头，还从来没见过你这样不知羞耻的东西。公共场所�浴（洗澡），看我不把你的蛋黄给捏出来！"说着还真伸手去捏他的下身。接着又说：

"你这是流氓行为！老子什么都可以忍，就是看不得欺负女人。"温夜壶一边说着，一边用拐杖狠命地捅着。直到连队领导来，疏散开众人，他才住手。

在后来很长的日子里，温夜壶拄着双拐到濮院丝厂来看过我们一次。他先是向邻居打听，后又站在宿舍楼前大声地喊叫我们。妈妈不让我们出去，爸爸也不让。因为他又到濮院来喝酒了，并且喝得好像有点多。

我隔着窗户朝楼下看，温夜壶依然是把他那条断腿架在木拐上，腰间也依然挂着两个重重的酒壶。

见我们一家都没动静，温夜壶讪讪地说："不一样了，看不起我了。知道你们在那儿就好了，走了！以后都不来了！"

温夜壶嗵嗵嗵嗵的拐杖声离很远了，我忍不住从窗户伸出头去看了看他的背影。从那以后，我就再也没见过这个温夜壶了。

一辈子没有正正经经叫过他的名字，在收笔的时候，我想认认真真叫他一声：温耀武！

希望他能爽爽朗朗答应一声："在！"

邻居阿芬

阿芬是我以前的隔壁邻居，不但长得漂亮，还很会作，一辈子似乎与房子杠上了。这不，这一百五十平的大房子还不到几年，又攀比着想买排屋了。

阿芬的男人乔勇，似乎永远也执拗不过自己的女人。于是，卖了这一百五十平的大房子，加上家里的所有积蓄，给阿芬看上的排屋付了首付。

新房子得装修，房子卖了，一家人只能暂时蜗居在一间单身公寓里。

住惯了大房子的一家人，生活起居自然是十分不方便。一些活动只能在公共过道上进行。

一天，孩子回来说被学校选上花式篮球队员了，阿芬高兴得抱着孩子来回转圈圈。

吃过晚饭，阿芬让乔勇洗碗，自己便带着孩子在过道上练起了学校老师规定的花式篮球动作。口中还"一二，一二三；一二，一二三"地帮孩子打节奏。

邻居的门开了一条缝，年轻的女主人压低声音说："嘘……轻一点，宝宝在睡觉。"说完，轻轻地关上了门。

花式篮球是练不成了，阿芬一脸不高兴地大声呵斥孩子："下次在学校好好地练习啊！省得看人家的面孔！"

也许是阿芬的声音太响，隔壁屋里的小宝宝哇的一声大哭起来。

接着就是年轻妈妈心疼的哄孩子声。

从此以后，邻居年轻妈妈路过阿芬的家门口，连眼皮都不带抬一下。都是匆匆而过，然后留下一声重重的关门声。

每当这时，阿芬也会有意无意地把家里的什么东西弄得发出点响声来。

就这样你来我往地较着劲过日子，单身公寓的过道上，就连空气都凝固了。

一天半夜，邻居家宝宝的哭声似乎有些异常，一声高过一声的，仿佛很痛苦。乔勇是市医院的医生，凭着直觉对阿芬说："邻居家宝宝哭的好像不大对头。"

阿芬睡意蒙眬地说了一句："别去管闲事啊！这家人自私，一点情面也不讲的。"说完又自顾自睡去。

乔勇睡不着，本着医生的职责，敲开了邻居家的门。先介绍自己是市医院的一名医生，然后，告诉这对年轻的父母孩子可能发生的情况。之后，五人合力把孩子送去了最近的医院。

天亮了，乔勇才从医院回来，洗把脸，准备上班。见阿芬一脸的不高兴，就把昨天隔壁宝宝的情况跟阿芬说了一遍。阿芬后怕地问："是小儿肠套叠？怪不得他家宝宝哭得撕心裂肺的。还好，还好，幸亏你坚持了一下，要不然，他那一对自私的父母……要闯祸的呀！"

傍晚，隔壁年轻的父母抱着宝宝从医院里回来，路过阿芬的家门口，热情地打招呼，嘴里还千恩万谢的。

阿芬见隔壁宝宝没什么大事，又见这对年轻夫妇满脸堆笑的样子，倒是端起架子来了，说了些不咸不淡的话就关上了门。

以后的日子里，阿芬带孩子练花式篮球时，就到小区的空旷地。隔壁年轻父母经过阿芬家门口总是热情地打招呼，而阿芬的态度却老是记着仇似的，表情永远不咸不淡。

日子就这么一天一天地过着，转眼就到了深秋季节。阿芬除了上班、下班、带孩子、做家务以外，就是催促乔勇往正在装修的新房子里跑，乔勇整天忙得两头都能看见星星和月亮。时不时地还是听见阿芬咕哝："你能不能催催装修工程，住这里真是憋屈死了，还整天看人家堆着个不知是真情还是假意的笑脸！"

一天，当阿芬正准备开门送孩子上学时，发现隔壁邻居家年轻的爸爸拿把躺椅睡在自己家门口。她惊叫了一声后，嘭的一声关上了门。然后，在屋里大声地对乔勇说："太过分了，竟然睡到我们家门口了！这算什么事嘛！"

听着阿芬这么咋呼，男人也出门去看个究竟。只见，隔壁年轻的爸爸揉了揉布满血丝的双眼，见乔勇一脸疑惑，便从躺椅边上摸出一串钥匙，憨憨地对男人说："昨晚夜班回来发现你家钥匙插在门上，夜深了，没敢叫你们。拔了，又怕你们想起来找不到，着急；不拔，我又怕不安全。宝宝妈妈说让我在这儿守一夜好了。现在你们起来了，我也放心了。"

阿芬听见隔壁年轻爸爸的话，冲出门外，看着邻居年轻爸爸被深秋的风吹了一夜难看的脸色，眼泪夺眶而出。

这时，隔壁年轻妈妈也抱着宝宝出来说："阿姐，这没什么的，远亲不如近邻嘛。那天，要不是你家乔大夫及时发现宝宝的病情，那就出大事了。我们谢谢还来不及，不要说让他爸爸在这儿守一夜，守多长时间都是应该的。"

从此以后，那套单身公寓的走廊上，就成了两家欢声笑语最多的地方。

阿芬搬家的那一天，隔壁年轻的爸爸妈妈特意从单位请假回来，帮忙打包装箱，忙前忙后，跟一家人似的。

写到这里，我想告诉大家的是，其实那个阿芬就是我本人。

心中的定泉桥

　　我与定泉桥在或远或近的交集中似乎有一种缘分。年少时，每次从父亲工作的运河农场到濮院，走过蚬子滩，记忆中第一个映入眼帘且印象最深的就是这座定泉桥了。

　　因为过了定泉桥，穿过北大有桥街就可以看见濮院的闹市。那里是当时我心目中最繁华的街市，人来人往，有许多花花绿绿的好吃的、好穿的东西。

　　老早就知道定泉桥是一座十分古老的桥，但对于它的古老来说，更让我心灵深处荡漾出花来的是它有着典雅之美。

　　走近定泉桥，首先映入眼帘、迎面扑来的是它周身缠绕着的藤蔓。

　　这种藤蔓是一种四季常绿的攀爬植物，似乎常见，又似乎有点特别。层层叠叠，密密匝匝，你根本看不到它的根脉是从哪里伸出来的。只知道它春有新绿，夏有浓密，秋天苍劲，冬日暗红。

　　每每看到定泉桥上的葱绿且茂盛的藤蔓，我脑海里都会出现一个奇怪的想法，私底下心里会跳跃出一个十五六七的半大姑娘来，总爱把这些绿得发亮，似乎涂了釉色的植物想象成这个姑娘的头发。那些藤蔓沿着石拱桥弧形处垂荡下来，不就是小女孩额前的刘海的？而桥引两侧，就是她披散下来的长发了。

　　藤蔓在夏季最茂盛的时候会爬上桥面或石阶，但你再仔细观察，它似乎是有灵性的，并不会妨碍人们上桥下桥的行走，而是沿着桥的两端缠缠绵绵地攀附在桥中央的美人靠上。这时，如果有人，特别是年轻女子倚靠在桥栏的美人靠上，立马会有一种仙仙的感觉。

小时候，我喜欢坐农场的小船到濮院镇上，那样就可以坐在小船上与水与藤蔓挨得更近一些。

小船箭一般穿过定泉桥桥拱时，岸上半个圆拱，水里倒映着半个圆拱，此时的两个半圆就会合二为一，形成一个似乎用圆规才能画出来的滚圆滚圆的大圆。我们的小船从大圆中穿过，在小船左摇右摆吱呀声中，大圆就会在小船的穿刺中带出一个燕尾图案来，桥上的藤蔓也随着一股风飘来荡去，我心中假设着的那个小女孩就立刻活灵活现起来。

大约七八年后的春天，我插班到镇上的中学求学，当时有一种教学方式叫"学工学农"。学工在学校校办厂里的记忆我已经不是很清晰了，但学农劳动的内容却刻在了我心中。因为，学校的农业教学基地，那个叫西农场的地方就是要走过定泉桥才可以到达的。

每次到西农场劳动，我都会比较早地出门。这并不是我对劳动有多积极，只是想利用早到的一点时间到定泉桥上坐坐。

我十分羡慕那些能够住在定泉桥两边的沿街人家。他们可以临水而居；他们可以在桥上南天头北亩头地聊可以聊的所有；他们还可以有事无事靠在桥上的美人靠上边编织毛衣，边看着自己孩子在定泉桥石阶上蹦蹦跳跳、无忧无虑地玩耍；甚至还可以大声地和穿梭来往船只上的摇船人搭讪打招呼。更让我觉得美不可收的，在我脑海里留下烙印的场景是，沿岸女子可以在定泉桥下的河埠头上淘米、洗菜、洗碗，浆洗一切家中需要浆洗的衣被物件。

说起在定泉桥下河埠头洗东西，我最爱看的是，女子们洗各种花花绿绿的床单。她们藕白的双腿浸泡在河水里，将手中花床单的一头紧攥在手里，另一头用力抛向河的远处。花床单在空气的作用下在空中形成一个弧，彩虹一样。然后又迅速将其拖到身边，三折两折团拢来。弯下腰，在石阶上使劲搓呀搓的。

这样的洗涤方法，时常也会出一点小意外。有时只顾低头在石头上揉搓衣服，进城的船只迎面摇过来，桨叶带起的波浪一扑一舔地卷上台阶，就会把放在石阶上的衣裳给"顺"走。运气好的可以眼明手快一把捞起；要是漂远了，就要央求摇船的人用长竹篙帮助打捞一下。拿到衣服的女子就会满脸笑意地对摇船人连声道谢，但也会听到船上的其他同道相互打趣的余音："这个街上大姑娘等样（漂亮）是等样（漂亮）咯！"

与定泉桥有缘，它不仅是我走进濮院镇映入眼帘的第一座古桥，也不仅仅因为它满身有缠缠绵绵的藤蔓，更不是桥下碧波中荡漾着的那个拱圆，而是许多年以后初秋的一天，我会披着粉红嫁衣走过定泉桥，成了桥西堍人家的媳妇。

那年国庆节的第三天就是我出嫁的日子。那天太阳十分明媚，一大早就喜气洋洋地从东方挂上了我居住的二楼窗户。

我梳妆打扮停当，只等婆家人来接。就快要到接亲时辰了，天上忽然下起了瓢泼大雨。地上、树上，一切能看见的地方都密密地生起了一团又一团的白烟。父亲望着窗外的大雨，在一边焦急地来回踱着步，一会儿看看窗外，一会儿又看看手上的上海牌手表；母亲窝在沙发里，看起来有点沮丧。

还好，离接亲还有一个多小时时，大雨忽然停了下来，太阳又欢欢喜喜地跃上我们并不高的楼顶。

我是自己走着去婆家的。因为濮院镇上每条街、每条巷都是用小桥流水连接而成的。那个年代没有汽车，就是有，也是没法越过一座座拱桥，开到街巷纵横的家门口的。

那时候的小镇人家结婚，新嫁娘大都会将自己的嫁妆放在一个特制的木头条箱里，由人抬着在小镇上步行前往。街巷即使再坳再僻静也不会坐船。坐船，一般会认为你是从很遥远的乡下嫁过来的。

当我带着裤脚管上的雨水踏上定泉桥石阶的时刻，忽然发现，被这场雨水飘泼过的桥面，那些我走过无数次的踏步台阶，忽然无比亮丽起来，有一种簇新的感觉。

河水清澈见底，藤蔓青翠欲滴，就连踏步石阶上凹着的雨水也在太阳下波光粼粼。

自那以后，我也可以时常有事没事地到定泉桥上坐坐；也可以学着以前我见过的别人模样，将背靠在美人靠上，舒适地张开两臂，仰头看天上白云飞过，柳絮飘过；还会故意将刚洗完的长发披散开来，任水珠在背后滴落桥下。

我从桥的东头下班或买菜回家，从桥的西头上班或到爹爹（即爷爷，这里指著名画家岳石尘）家里，看老人家写字作画，陪老人聊天，听老人讲一些有趣的事情。

女儿出生后，我也在桥上边织毛衣边看女儿在桥中央的两个圆形花纹里跳格子。可惜，那时候的河水已经没有旧时那样清澈见底了，家家户户都装上了自来水，但我还是会时不时地将家里的拖把、抹布什么的拿到河里来洗。宁可在老人的唠叨声中回来重新用自来水再清洗一遍。这样做，不是因为生活中的那份节俭，而是为那份深刻在脑海里的情结。

岁月也在流逝，时代更是在进步。几度的住房改善，让我们搬离了定泉桥西堍的单位宿舍。其间，我也会偶尔去看一下，这个曾经让我心灵深处升腾出许多美来的地方。

每每看到的，却是桥的许多斑驳与风霜。站在它的面前，我忽然觉得它就像一个老人那样，我担心它会不会就这样老去。虽然它现在拖着长长的发梢，藤蔓浓密。但它那些蘸在水中的发辫，在日益抬高的河床处，在淤泥中打滚的样子，让我想起当年下乡当知青，挑河泥时不小心掉在河泥坑里的窘态。

好在春风可以化细雨。再一次探访定泉桥，是在古镇有机更新初见成效的一个春天。远方来客，甘当导游，按路线行进中，心中执念着定泉桥。没想到，来访者大都是以前运河农场兵团的战友。一见定泉桥，就是一阵欢呼："就是这个模样！就是这个模样！"一个个还用手指着北面的方向："喏！喏！我们就是从这里走过来的，从兵团来濮院必经的地方。"

在他们的惊呼声中，我的心是默默的。默默地走上熟悉的台阶；默默地抚了一下依然葱翠的藤蔓；默默地将头探到桥下，看两个半圆的联姻。然后，靠在美人靠上，舒开双臂，看越来越蓝的天空，看古镇有机更新后保护得越来越好、越来越美的景色。

小 黑

小黑是我们家养的一条狗，一条小泰迪狗。

小黑毛色的黑，那可不是一般的程度，真是可以黑出高度了。乌黑的身体上，只有两只眼睛发出光亮，让你可以在夜晚知道它存在的位置。要是它躲在一个什么阴暗的角落里睡觉，你还真难发现它。

首先说明一点，我从来就是对猫狗之类的动物避而远之的，这不仅仅是我有过敏性鼻炎的缘故。看到那些爱心人士对猫狗的宠爱程度，我真的是无法理解的。所以，去年过年时女儿带回小黑来，我的态度是强烈拒绝的。

那天天气很冷，女儿下班回家时，带回来一只小黑狗，她告诉我这是一只泰迪，如果好好训练，以后会有很多的本领，如鞠躬、握手、站立、走路等。

那也不行。看着那只小黑狗躲在纸箱一角，两只会放光的眼睛滴溜溜乱转的样子，我连忙用手捂住了口鼻——我明显是闻到了来自异样物种的怪味儿。我坚持不让女儿带上楼来，没办法，女儿只能在地库里打扫出一块地方，暂时让那狗安家。

狗太小，一晚上叫个不停，我在楼上都听得真真的。咩咩咩，叫得像一头小羊。哎，叫声都没一个狗样，对那狗的厌恶之心就更加强烈起来。

狗一直在地库里生活着，就是这样，如果不把地库通向餐厅的门关紧，那狗尿味儿、狗粮的腥味儿就会一股一股地往上冒。那样，我简直就没法呼吸了。

实在忍受不了了，就和女儿商量送走狗。女儿总是以狗还小为由说："再等两天，再等两天。"要么就告诉我正在找想养狗的人家。

没过多久，我病了，而且病得很重。头痛、喉咙痛、打喷嚏、咳嗽、流涕、浑身无力。到医院一看，医生说我是对什么东西过敏了。一下子，我就想到了那只狗。

这次生病，除了在医院打吊针以外，在床上也整整躺了三天。稍好一点，我就拖着女儿来到养狗的地方，说："你养的这个狗准备怎么处理？你是要狗还是要娘？"

女儿低着头，小声地说："去测个变应原吧，也许不是狗的原因呢？"

那行，既然这样，我就搬出去住了。让老公自己带孩子，自己做饭菜！

老公为了息事宁人，建议在院子里垒个狗窝。女儿不同意，怕天太冷，冻着狗狗。

真是没天理了！我活得还不如一只狗重要！我和女儿的关系已经到了冰点。但，更让我生气的是，我怎么对她，她都是笑眯眯地搪塞我，简直就是要把我气疯的节奏。

在之后的日子里，女儿又给狗添置了许多专业的东西，如宠物除臭剂、宠物消毒液等；还时不时地带狗狗到宠物店洗澡；趁我在楼上，还会放狗狗出笼，在客厅里溜达。

这个狗也是，知道我对它不友好，看见我还狂吠。有一次我下楼，它竟然跑上来用嘴咬住我的裤腿儿不放，被我抬起脚甩到了楼梯下。看到女儿忙不迭地将它抱起，看到狗狗连滚带爬的糗样，我竟然忍不住哈哈大笑了起来。

日子一天天地过去，狗也在一天天地长大。由于老屋子里的租客租约没有到期，我也没地方可去。但，我除了做事、吃饭下楼外，大多的时间都待在自己的房间。尽量不下楼，尽量不看见狗。

时间转眼就到了春天。一天早上，家里人上学的上学，上班的上班，刚才还热闹的家里一下子清静了下来，我想起了前些日子朋友送给我的那罐子明前茶来。

窗外石榴花正红，月季花争艳。配一壶好茶，完成我的那篇春游小散文去。

电脑前，我文章里的春意正盎然着。

忽然，那只黑狗发疯一样跑到我的书房里，叼起我的裤腿儿就往外拖。一边拖，还一边汪汪地乱叫。我自然又是给了它一脚。嘿！狗东西见我没动，又上来拖住我的裤腿儿，还把头一直朝外，往外拽我。突然，我想起了电水壶上烧着的开水。

我飞奔下楼，来到厨房。厨房已经被白雾弥漫了，根本看不清东西了。定了定神，顶着白雾先打开窗户，让白雾散去一些。等能看清一些了，我拔掉了电水壶上的电源插座。

水流了一地，还在滴滴答答地往地上滴着。回头再看看那只黑狗，正用眼睛死死地盯着我，眼睛里仿佛有话说。看我处理完台板上的一片狼藉后，黑狗才安静地回到了自己的窝里。

从那以后，我对黑狗的态度开始有了一丝丝改变。还有一次，我和几个朋友出门旅游了几天，回到家时天已擦黑。当我刚推开院子门，一个黑东西就蹿了出来，并且还一蹦老高对着我撒欢儿。听到响声，家里人都出来了。女儿对我说："你不在家的这几天，小黑黑天天都在天黑的时候到门口去守一会儿，竖起耳朵听听，看看你是不是回来了。"

狗还在蹦跳着，围着我打转转，咬我的裤腿儿往家拽。看着热情四射的狗，我竟破天荒地用手摸了摸它的头。当然，进屋后，我还是用硫黄香皂狠狠地洗了一次手。

慢慢地我发现，狗也是很通人性的。因此，小黑再来到我的身边时也就觉得不那么讨厌了。

上百度查了一下有关泰迪的一些小知识。发现它的前生还是猎犬，还有些勇猛、好斗。这个习性在一次小黑与黄鼠狼的搏斗中体现得淋漓尽致。

冬天来了，天气已经很冷了。也许是石门镇的生态环境太好的缘故，听小区保安说在夜巡的时候，竟然会碰到黄鼠狼出没，这个听上去有点意思。想着自己家里也没有养鸡什么的，撞见黄鼠狼的几率应该不大。

一天傍晚时分，我照旧在厨房里做晚餐，等待着家人们的归来。突然，小黑对着厨房的西北角狂吠了起来，而且是决一死战的那种姿势。我连忙打开客厅门让小黑出去。房门一打开，它就以箭一样的速度向院子西北角冲去，像一个战士那样。我也连忙跟了出去。

冬天天色暗得比较早，被几棵大树遮天蔽日罩着的院子西北角已经看不清景物了。

还没等我走到地方呢，就听见嗵的一声，一个什么东西从鸟笼子上跳了下来。接着就是一个手臂那么长的黄东西从篱笆墙上跳跃过去，然后消失在灌木丛中。我一阵头晕，还有点恶心，眼前一片漆黑。等我缓过神来，抬头一看挂着的鸟笼子，天啊，那只黄色鹦鹉的身子竟然不见了！我再转身看守在一旁的小黑，它仰着头，对着鸟笼正在发出呜呜呜的声音。我蹲下身子，用手抚摸着它的头，反复问它："是黄鼠狼吗？是黄鼠狼吗？"小黑好像有点自责，只是把自己的头埋在两只爪子中间。看着它可爱的样子，忽然觉得当初真不该对它那样子，也不该在给它取名字时胡乱地就叫它"小黑"。

养狗，其实是可以增长好多知识与乐趣的。当家人们都上班上学去了的时间里，我开始学会和小黑相伴。我去院子喂兔了，它也跟着去，还时不时地亲一下那只胖得走不动路的熊猫兔；我在花台里拔草，它会在草地上追蝴蝶玩，还用嘴叼起一根根青草放在一边。说起小黑叼青草，有件事就不得不说了。一天，我正在花台里拔草呢，小黑也在花台外一根一根地衔着草，不一会儿，我就看它难过地低下头，然后呕吐起来，吐出来的胃黏液混杂着青草，那叫一个腥啊！我放下手中的活儿，对狗狗吼道："笨狗！兔子吃草你也吃草！"我打电话给女儿："这只狗笨得可以，兔子吃草，它也吃，吐得一塌糊涂，还得让我收拾院子！"

女儿在电话里说："你不知道它的模仿能力很强吗？泰迪有三四岁孩子的智力的。"

奇谈怪论！还好那天下午下了一场大雨，把它的呕吐物给冲刷得干干净净，不然我也会吐死的。

晚上，女儿回到家里，我又想向她抱怨。女儿说："我今天联村下乡去了，你打电话的时候，村里的干部正好在场，他们说，这里有句谚语——狗吃草，要落雨。"

怪不得，狗狗早上吃草，下午就落雨了。还真是，我之后注意留心观察了几次，小黑一吃草，十有八九就会落雨。

现在，小黑似乎成了我生活中的一个影子。我在书房里看书、写东西，它会静静地趴在我的书房门口；我只要一动身，它就会像勤务兵一样，跑在我的脚前脚后；我出门回来了，它会叼起我要换的拖鞋。有一次它开小差溜到小区里去了，我拿着一根棍子去找，回来后，它像一个犯错误的孩子一样，悄悄溜进自己的窝里，用两个前爪抱着自己的头。嗨！我也没有打过它呀！

第

辑

味蕾的记忆

四十多年前的一个春节前夕，我跟随父母亲到我的出生地河南探亲。

由于当时的交通条件有限，我们只能先从嘉兴乘坐绿皮火车去上海，再由在上海的一个兵团战士帮我们买从上海到河南郑州的火车票。

买到的火车票是第二天后半夜的，因此，我们就有了可以在上海逗留两天一夜的时间。

上海可是真大啊！父亲说，他要带我们好好地逛一逛大上海了！

我从来也没去过像上海这样的大城市，我对上海的认识只是停留在图片上。当父亲带领我们踏上繁华的南京路时，我就蒙了。只觉得楼好高，人好多，景色好漂亮，上海人皮肤好白哦！其他的，我就什么也没看清，也没记住。

逛了半天，也不知道是逛到哪儿了，反正是上电车又下电车的，完全是被父母亲拽着拖着，跌跌撞撞地走的。

不知走了多少时间，只听母亲对父亲说，都走半天了，孩子们大概都饿了，找点吃的吧！

又是七拐八弯的，父亲带我们上了一座小桥。我正纳闷呢，一座桥，不能笔直地建造啊？对面的店几步就到了呀！父亲笑着告诉我，这就是上海的城隍庙，这桥就是有名的九曲桥，是苏州园林风格的。听父亲这么一说，我又回头仔细观察了一下这座叫"九曲"的桥。

桥怎么样当时在我心里真没那么重要，重要的是，我们能吃到上海的东西，因为，上海的东西在那时是那么的高级，那么的精美！比如大白兔奶糖，比如上海的点心，再比如……啊呀，上海的一切都好吃啦！

父亲带我们来到一家"上海南翔生煎馒头店"前，只听老板说了一声："排队！"

母亲一看是馒头店就不乐意了："馒头？我天天在家给你们蒸的馒头还没吃够？到上海了还吃馒头？"她转头数落父亲："你可真会省钱啊！"母亲说罢，我和弟弟也开始不乐意了。

父亲开始善意地数落我们了："真没见过大世面！馒头？上海人称小笼包谓馒头，不是你在家给我们蒸的馒头。再说了，上海南翔生煎馒头是鼎鼎有名的，你们没看见这么多人排队？你们以为他们傻呀！"

我扭头看了看身后就在我们争执时已排成长龙的队伍，心里平添了一份快快吃到这个上海人称作"馒头"的急切感。

终于端上桌了！父亲一边叮嘱我们小心烫嘴，一边示范给我们看。母亲不服气地反问父亲："你吃过？"

父亲幽默地说："没吃过猪肉，还没见过猪跑？这几年的兵是白当的？"

按照父亲的指点，我们一个个都小心翼翼地用筷子夹起一个被称作"馒头"的小笼包。先是用嘴轻轻地咬开一个小小的口子，再细细地吸里面的汤汁。顿时，口腔里充满了柔和的鲜、香、嫩、滑。一股热热的感觉立刻充满全身，一身寒气也在这滚烫小笼包子的一咬一吸中烟消云散。

这次在上海短暂的逗留，虽然我们对上海的繁华有点蒙，但上海南翔生煎馒头的美味却在我的味觉记忆上烙下了印记。

之后，我也去过上海多次，不是来去匆匆，就是嫌吃南翔生煎馒头要排队麻烦。因此，当年的味道成了我的味觉记忆，总是挥之不去。

七月的一天，跟随老公参加朋友的私人家宴。席间，一个朋友说是近日要在桐乡开一家上海南翔生煎馒头店。席间，虽有众多的美味佳肴、新奇土特产，但，当年在上海吃南翔生煎馒头的那丝味觉还是要从我胃部深处跳出来，但我很快就在心里把它压制下去了。因为我不知道，它是不是正宗，会不会还原几十年以前的老味道。这些年来，我吃过的无数包子中，还就缺当年深刻在我记忆中的那个味道。

七月下旬的一天，那个准备开南翔生煎馒头店的朋友打来电话，说是他的南翔生煎馒头店开业了，现在正在试营业，让我们这些朋友去品尝，提一下意见。

我是带着两份心情出发的。第一份心情是期待，期待是否可以还原四十几年前我的味蕾相思；第二就是走过场，给朋友礼貌性地捧个场。

车到振兴路中段，找到原梧桐大酒店的对面，一看，一家叫"品得丰"的店，并标注为上海南翔生煎馒头店，装修得不错。

其实，店装修得怎样我真的不关心，我只关心包子是否是四十几年前的味道。

一会儿，包子上来了。店主说，店里品种较多，我先一样一样上。我说，我只吃汤包。

也是等了好长一会儿，汤包上来了。店主加朋友的徐老板对我们说："久等了，因为南翔小笼都是要现做现吃的，所以要等的。"

于是，我想起了在上海城隍庙等小笼包的场景。

有了四十多年前吃南翔小笼的经验，我熟练地拿起筷子，夹在包子规范又漂亮的褶上，迫不及待地想知道里面的味道会不会让我失望。

用嘴咬开一个小小的口子，用舌尖和嘴唇细细地吸吮里面的汤汁。当第一口汤汁顺着我的喉咙下滑时，瞬间，唤醒了我四十几年前的味蕾。接下来，就剩下大快朵颐了！其间，对于徐老板向我们介绍的关于南翔小笼包的历史与正宗与否等内容，我似乎也没听进去。

回家，静下心来，认真上网查了一下上海南翔小笼包的相关知识。发现，南翔小笼始于清代同治十年（1871），由上海市嘉定县（现嘉定区）的南翔镇日华轩点心店主黄明贤所创。

他用不发酵的精面粉为皮，馅料采用猪腿精肉由手工剁成，肉馅里还加上肉皮冻。为了避免同行间的恶性竞争，他对传统的大肉馒头采取重馅薄皮、以大改小的方法，选用精白面粉擀成薄皮；又以精肉为馅，不用味精，用鸡汤煮肉皮，取肉冻拌入，以取其鲜；撒入少量研细的芝麻，以取其香；还根据不同节令取蟹粉或春笋、虾仁和入肉馅。每只馒头折裥十四褶以上，一两面粉制作十只，形如荸荠，呈半透明状，小巧玲珑；出笼时任意取一只放在小碟内，戳破皮子，汁满一碟为佳品。在小笼包的发展过程中，逐步形成皮薄、汁鲜、肉嫩、馅丰的特点，成为古猗园内独家出售的美味佳点，皆称：古猗园南翔小笼。

一个多世纪过去了，南翔小笼并没有被沧桑巨变所淹没。"南翔小笼制作工艺"已被上海市列为首批非物质文化遗产，该工艺目前正在申报国家非物质文化遗产。若申报成功，南翔小笼将成为我国首个小吃类的国家级"非遗"。

南翔小笼之所以成为"非遗"自有它的严谨之处。那么，上海南翔小笼包来到桐乡也是要严格遵循制作的工艺及配方要求的。正如徐老板说的，遵循古方，严格把关，从上海请来一流点心师傅坐镇，让桐乡市民吃到真真正正的南翔小笼包。

烂糊面

中国是小麦生产大国，面食可谓是博大精深，花样繁出。一般家庭，最家常的还是面条。

面条也可以是百种百样的。南北各异，粗细有别，宽阔自由，各有各的千秋，各有各的地方特色。前几天在手机上刷到一个视频，是介绍河南美食的，由于祖籍河南的缘故，就饶有兴趣地看了下来，想看看我的遥远故乡到底有什么好吃的东西。

视频没有什么特殊的技术含量，只是常规地记录了村民们的日常生活。既然是美食视频，那着重的还是介绍食物。

一连追了好几天，发现这个视频拍摄的吃食还是以面条为主。就拿视频主人公的话来说："我们河南人吃饭主要是吃面条，就像南方人天天吃米一样，我们天生就长了一个吃面条的胃。"所以，镜头中就会常常出现汤面条、捞面条、拌面条、炒面条、卤面条、拉面条等花样繁多的美味面条。

在我的记忆中，几十年前的江南人是很少吃面条的，即使吃，也没有把它纳入正餐行列。更多时候，是把它当作一种垫垫饥的小点心（早餐除外）。

江南人吃面的碗不会很大，没有西北人大蓝海碗的豪爽，也没有河南人吃面时所说的吸溜时的"得劲儿"。江南人吃面的碗就没有那么壮观，有点不动声色。

北方人下面用的"臊子"，在我们江南叫"浇头"。北方人

用来吃面的"臊子"浓油赤酱，口味浓淡厚重；而江南人做的"浇头"虽也有红烧的，但多数时候清洌爽口。因此，我给家里人做早餐面条时，偶尔是买来的羊肉面，多数时候是小青菜面或雪菜肉丝加一点小笋丝这样的，或干脆来一碗什么也不加只有小葱猪油的阳春面。

血管里流淌着河南人的血，但我从小生长在江南水乡，对于吃面，我却不怎么特别喜爱与上心。虽说现在社会的高度发展，信息的畅通无阻，物流的无所不能，购物的方便快捷，美食已经打破地域疆界，只要你想吃，不费力就可以实现，但对面食，特别是面条当正餐的这一认识无法改变。除非今天家里很忙，来不及准备米饭、炒菜，才会下点面条将就一下。

尽管这样，在众多的面食里，我对一种面条是情有独钟、念念不忘的。而且成了我们特定范围里，用现在的话来说"小众"的一种怀念与文化积淀，那就是"烂糊面"。

知道烂糊面的人很少。但知道烂糊面的人一定是那个时期、那个氛围里的故知。

其实烂糊面不是什么有名的美食，它只是那个时期我们兵团丝厂里的唯一夜宵。

二十世纪七八十年代的濮院兵团丝厂是一个大国营单位，兵团战士们也大多是十七八、二十不到的小年轻。建厂初期就有一千两三百人的兵团丝厂，在当时人口还不足几千的濮院镇来说，可算是一个规模巨大的单位了。

单位大了，运转起来就要像一架机器那样一环扣一环，出不得半点差错。后勤中的生活保障更是重中之重。

食堂是根据车间工人们分工与上下班时间错峰开饭的。做早饭的食堂工作人员四五点钟就得开始忙活。六点开饭，因为上早班的煮茧、缫丝、扬返等几个车间的工人要准时开机器。

早饭是这样，其他几餐也都是按全日班、早班、晚班来安排的。说到这儿，就不得不说说当时兵团丝厂战士们的上下班时间。

除全日班外，八小时内，上早班的从早上六点半开动机器，中午十一点半与上夜班的人交接班，回家休息三小时，下午两点半再来接夜班的人做到五点半下班。这样交替着上班分甲乙两个班组来完成。上早班的自不必说，而上夜班的为能下午五点半准时换下自己的对班，就不得不在下午五点不到的时候就吃好晚饭。虽大多数人都住在厂区内，但排队买饭、吃饭，再走到车间也是需要一定的时间的。所以那时看到最多的风景是：许多上夜班的人是一边吃着饭，一边走向车间的。走到车间，饭也刚好吃完。口里嚼着最后一口饭，顺手在水龙头上把碗一洗，然后再把碗往缫丝车顶一放，穿上围裙就可以开始工作。

夜班工作是辛苦的，缫丝不是现在的机器缫丝，而是人工立缫。工位上也配有可以滑动的高凳，但还没等你屁股坐稳呢，起起伏伏的二十个绪头就七上八下地需要添茧搭匀，保持缫出来的丝粗细一致、匀度合格。如果那时候有手机计步器的话，一天下来，走出几万步可能真不算什么。

扬返车间也是这样，一条车弄堂，标准的一个操作工管二十部返丝车，短一点的也要十八个。上丝、落丝，车边反复巡回检查接断头丝。返一个标准大籰的成品丝需要四个多小时。就这样，操作工们就不停地在车弄堂里来回行走。特别是到了落丝的时候，一只大籰二三十斤，双手取出，最后用一只手举过头顶，送上扬返车的车顶，等着运大籰工来运去后道工序并进一步整理。

虽说也是工作八小时，但架不住那时的劳动强度大，再加

上年轻消化力强，在早年物资匮乏的年代，吃的也没有油水，工作到最后，特别是下夜班前，饿得前胸贴后背，吐酸水，不吃点东西垫垫，还真熬不到天亮吃早饭。

因此，厂里就有了夜宵供应：烂糊面。

烂糊面的制作其实是十分简单的。我们那时候经过一天体力劳动，下了夜班以后，冲刺着跑到食堂抢烂糊面。一般都会冲着买饭窗口里大喊一声："二两！"窗口里面的人就会拿过你的碗，熟练地给你盛两勺，然后，在你碗沿儿上吭吭敲两下，说："下一个！"

食堂的灯光没有现在的明亮，许多心急的人还没有走到食堂门口呢，二两烂糊面就见底了。只有一些比较仔细的女生才会在厂里洗完澡后，路过食堂买上一碗烂糊面，回到寝室慢慢品尝。

那时的烂糊面其实不可以用"吃"来描述的，准确地说应该称"喝"。

烂糊面里的面条被食堂的炊事员用手捏得很短，煮得很烂，用我妈妈的话来说，那就是"糊涂"，用筷子或勺子吃都行。

但你说它是"糊涂"，它又薄得可怜。那些脑筋动得快的，第一个冲出车间的人其实是很吃亏的。他们第一个跑到食堂来吃烂糊面，往往是稀汤寡水。

食堂炊事员在卖给先冲出车间的人的时候也会用力在木桶底下搅一搅，刻意地多盛一些料头给他们，但总不及那些老老实实等着车间下班铃声响起再出车间的人吃的烂糊面好。迟来的和尚吃厚粥嘛！

我是买回家吃的。我得慢慢品味这饿极了的美味，所以，大多时间我是在下了夜班以后，坐在家里房间的书桌旁，一边看书一边吃的。再后来我还是买回家吃的，因为那时候有了女儿。

在日子还不是十分富裕的时候，女儿为了也能吃上一口烂糊面，小小年纪竟然懂得装睡。再后来，女儿就希望我多多上夜班，因为我下夜班回来可以给她捎一碗烂糊面。直到现在，她自己都做妈妈了，还会经常和我提起："世界上最好吃的就是您做的烂糊面。"

说到这儿，一定会有人问：到底是什么面这么好吃呢？其实那时候，就光顾着吃了，只知道里面什么都可以有。有的时候是青菜面；有的时候是胶菜面；有的时候是韭芽面；有的时候还能吃到肉丝、豆腐干等。比起现在考究的面来，那真的就不能算什么。但在我们每个濮院兵团丝厂人的记忆里，那就是珍馐美味。

前年的一天，夜已经很深了，我在电脑前写完最后的一个字后，打开手机，只见我们扬返车间群里还有人在。车间主任老陈看完世界杯饿了，晒出一碗夜宵来，直呼烂糊面来了。于是夜猫子们都出来了，开始聊天，开始回忆过去。聊着聊着就想到一个问题：当年下烂糊面的材料，除了面本身以外，配菜是新鲜的，还是晚餐没卖完的剩菜搅和的？于是便开始呼叫当年的炊事员"梁兄"出来。好长时间，"梁兄"才出来冒了个泡。他有点坏坏地留言："啥人高兴给你们弄新的配料，食堂里卖不了的剩菜，有啥烧啥，不要太鲜哦！"

于是，这些已经几十年没有见面的老同事、老战友开始"咦"了起来。

尽管微信群里"咦"声一片，但大家还是觉得，吃过面条千千万，总也比不过濮院丝厂的烂糊面。

从此以后，烂糊面就成了有过濮院兵团丝厂经历的特殊记忆。无论何时何地，什么场合，与何人在一起，只要一提起烂糊面，能相互会心一笑的肯定是以前在丝厂共同经历过的人。

写到这里，忽然想吃面了。下楼，煮了一大碗面，并招呼家人们来吃。看到我端出来的面，他们都用奇怪的眼神看着我，都嫌我煮的面糊拉拉的。我没多话，只是笑嘻嘻地大口"喝"着汤面。

因为，我把思绪已经拉到了那个年代！

挖荠菜

也许是江南水乡可吃的东西比较多的缘故，正经可以上桌来吃的野菜，品种并不多的，我们这里最常见的也就是荠菜和马来头。要是硬把香椿头也算作野菜的话，那也是一种鲜有的美味。再有一种就是只有在清明时节做芽麦塌饼用的，乡下人俗称"草头"的野蒿蒿。荠菜、马来头、香椿头可以用来做菜吃，而"草头"就只能单一地用来做芽麦塌饼了。

立冬刚过，一簇簇盛开的杭白菊雪一样地覆盖着田野。清晨，菜市场里，售卖香气四溢菊花茶饼的老妇人脚旁边，就一定会有一大竹篮的荠菜或是马来头，水灵灵的煞是诱人。走过路过的人总是忍不住地蹲下身子来翻弄一下，看看有没有黄叶杂质什么的，买上个三五块钱的菜回家。

售卖的荠菜是新鲜的，而同样是野菜的马来头在售卖时，就有两种不同的卖法：一种是刚从野地里挖来的"朵儿"；还有一种，售卖人会把挖来的马来头放在滚水里焯一下，然后立马放在冷水里激。这样一来，马来头就会马上鲜亮起来。售卖时，把手伸进一个木桶里挤一个拳头大小的疙瘩出来，跟你说："加点笋丝豆腐干炒炒，一碗只多不少了。"一般人为省事，大多会买滚水里焯过的马来头，回来稍作处理后，马上就可以制作成自己想要的美味。

用马来头来做菜，我们家有两种做法：一是很大众的热菜，笋丝豆腐干炒马来头；二是凉菜，凉拌马来头。但不管是哪种做法，都是先把马来头处理干净，将它剁得很碎，大家认为只有这样才可入味。特别是那道热菜，细细看起来有点像蚂蚁上树。

而荠菜的做法就多种多样了。

因为荠菜没有马来头的柔嫩，所以，一般的江南人家，荠菜是用来做热菜的，很少用来做凉拌菜。最常见的热菜做法有笋丝豆腐干炒荠菜、荠菜肉嵌油豆腐、荠菜肉馅饺子、荠菜馅大馄饨、荠菜蛋饺（也叫蛋夹子）、荠菜下面条。还有一种，就是在家里吃火锅的时候，端上来一盘翠生生的荠菜，再告诉宾客：这个是自己挖的哦！小荠菜在火锅里一烫，叶绿梗青的，那是会让宾客鲜得流涎水的爽口货。

马来头不能多吃，因为它性偏寒凉。除了你日常解馋以外，还可以在你口角生疮、嘴唇起泡等肝火旺盛的时候，买点儿时令的马来头吃吃，败败火。

而荠菜虽也属凉性，但它常常被做成热菜，是这个时令餐桌上的常客。尤其是那些老字号的小吃店里，挂出一款时令的荠菜鲜肉大馄饨时，那一定会勾引你的味蕾，花不菲的价钱买一碗尝鲜。

荠菜和马来头都是在冬春季节上市的，每到开春，在田边、地头、河岸、坡地上，一朵朵、一片片地疯长。

在买野菜与挖野菜之间，我更倾向于自己到野外去挖。用我们这里的土话来说，叫"挑野菜"。

我想，用桐乡人的话也许更精确一点。"挖"，毕竟动作范围更大一点，工具也不可能是小巧的、随便的。对于这么"秀巧"的事，用"挖"可能会少了许多的韵味。

我出门去挑野菜倒不是因为三块五块一斤的钱，是因为有许多事情都与"挖荠菜"有关。

自诩一下，我从小除了身体瘦弱一点外，妈妈经常表扬我的话就是"心灵手巧"。看大人的眼神，我就会意会到他想对我说什么；看别人织毛衣，我也回家照葫芦画瓢；跟着大人出去"挑"了几次荠菜，我马上就记住了几种荠菜的长相与区别，基本上没有出过错。前一段时间，我在和诗友一起吃饭时，他讲述他的妻子在野外"挖"了一大篮荠菜回来，认认真真洗净，用心烹饪，端上桌。尝一口，"拉舌头"得厉害。原来根本不是什么荠菜，是和荠菜长得很相像的一种不知名的野草。听到这，我有点不可思议了。我说："几种荠菜虽然长相不同，但气味都是相同的，都有一股好闻的特有清香在那儿，用鼻子闻一闻就知道了呀！"

不管怎么说，挖荠菜我是不太会弄错的，因为我对荠菜情有独钟。往重要的事情上说，我的终身大事也与挑荠菜有着一点点的关系。

从去年开始，诗与远方对于我来说就只能剩下每天写一首小诗来自娱自乐了。

固足于一方天地，思维就像院子里的那池金鱼池水。微信朋友圈里，又有人在说"微风不燥，阳光正好"的句子了。再往下翻，我的一个同学在晒她挖的荠菜，这一下勾起我出去挖荠菜的愿望。

立冬刚过，微风真的不燥，阳光也正刚刚好。我来到的那片离小区不远的菊花地里，白鹭还在盘旋，菊花已经如雪。很远处，一个、两个戴着斗笠的采菊人正在菊垄中若隐若现。我没管这些，只是低头寻找地垄间生长出来的荠菜。

我挖荠菜的工具很简单，一把可以折叠的小刀，一个不大的马甲袋。我出来的想法也简单，有荠菜就挑一点回家。没有就把小刀和马甲袋往口袋里一放，让心与白鹭一起齐天飞一下。

出门向东不远处还有一块栽种杭白菊的菊花地，菊花还没盛开，只是一朵朵称作胎菊的花蕾。

我知道，桐乡现在大多数菊农都不等菊花盛开再制作像大饼一样的菊饼了，而是在菊花将开未开的时候就将花朵采下，送到加工厂进行一条龙的干燥、加工、包装等程序。这样也可以省去菊农的事儿。再也不要像以前那样，一家一户地将盛开的菊花采回家，一家老小忙前忙后，脚后跟打屁股般辛苦。碰到连绵阴雨天，菊花晒不干，只能发霉捂坏掉。同时，这样对环境的保护也起到了一定的作用。要不然，到那季节，村坊里，不是柴草的烟雾腾腾，就是煤炉的呛人气味，让人窒息。当然，也缺少了晴好天气里家家户户门前晾晒菊花的美景；缺少了深吸一口气，闻一闻杭白菊诱人清香的惬意。

我低头开始在田边地头寻觅。

能挖的荠菜可真不少，不一会儿，马甲袋里就有了分量。一路沿着田垄寻觅，猛然间，我听到不远处有嗒嗒嗒的声音。抬头一看，对面菊花垄里有一个采菊人。

采菊人是一个六十岁开外的老头子。他麻利地用双手上下飞舞着，将一朵朵胎菊采下。一把满了，就顺手放在腰间的小竹篓里。娴熟的动作让我想起了《采茶舞曲》中的歌词。

见我看着他采菊没吭声，就主动问了我一声："挖荠菜？"我连忙点了点头。他又说："菊花地里荠菜多，交关（很多）人来挖过。"

见他与我搭讪，我也礼貌地说："在家没事，出来松松筋骨。"又说："长远（好久）没挖荠菜了，蹲下去有点吃力。"

也许是菊花地里四周无人经过的缘故，老人家一直跟我扯着白谈（闲话）："现在的人真是，生活好了，野菜卖得贵了。

老底子生活困难的时候，吾拉（我们）娘老子是把各种野菜掺进糠馍馍里，荠菜还可以吃吃，其他的，那叫一个厌烦啊！"

老头子叹了一口气又说："现在好了，吃野菜吃出高档时髦来了，进饭店酒楼了。小时候吃伤了，对野菜，我反正不感兴趣。"又问："你是街上人吧？"我说："是。"

他看了我一眼说："街上人没吃过苦。"又说："以前采菊花那叫一个苦啊！起早落夜在菊花地里，有时还有雪白的霜，手指头都要掉了呢。现在好了，卖胎菊，不用等菊花开挺，统一收购，不用自己操心，好天气、坏天气都不怕了。现在的时代真叫一个好啊！"

见我只是点着头听他讲话，没有与他交流互动，仿佛意识到自己的唐突，憨憨地说了句："采菊花的时间有点长了，没人与我说话。"就又加快了手中的采摘速度。嗒嗒嗒、嗒嗒嗒的声音，煞是好听。

远处有几只白鹭在绿色的菊海里盘旋，我想为老人家所说的"好时代"写一首诗。

晒　蒸

　　"小暑一声雷，倒转做黄梅。"而今年的小暑节气比较有骨气，出梅的那天是个多云的好天气。小暑一到，黄梅天就算过去了。

　　要说这黄梅天的梅，不知大家是怎么理解的？按诗意一点理解：就是在江南的雨季，是说梅子成熟变黄的时节。这时候的江南，可以连续下一个月雨，甚至更长时间。没完没了，下得人心里都发毛，更不要说家里的物件了。所以，又有人叫它"黄梅天"。在我看来，还是叫"黄霉天"比较确切点。

　　江南人的黄梅天，是要经历一个月左右，甚至更长时间绵延不断的阴雨天。此时的江南人家里，屋内、屋外或是其他什么地方，都会是湿漉漉、黏糊糊的。那些老房子的墙角旮旯、桌子底下、地缝里，都会有一层一层的细小的、黄黄的毛。还有可能长出一些小小黄黄的不知名的蘑菇来。因此，一旦出梅了，地处江南的濮院人家就会把家里的东西拿出来暴晒。濮院人俗话叫"晒蒸"。

　　我不知道这个"蒸"字是不是这样写的，反正，如果一些东西有些陈旧了、长时间不见天日了，居住在老濮院的人就会说："这个东西有点蒸鼻头气。"意思就是要将东西拿出来晒晒。

　　晒蒸的仪式似乎有点庄重。一出梅，家家户户就会翻箱倒柜地把冬天收藏起来的衣服被褥什么的拿出来晒蒸。单家独院的会在院子里摆上桌子，撑起竹竿，一件一件小心翼翼地将经过一个黄梅天潮气的侵蚀，有点"蒸鼻头气"的衣服拿出来晾晒。即使是没有院子的沿街人家，也会在临窗的地方放上一只竹榻，或挂在窗口通风晾晒。

生活在当下的年轻人，已经不太可能理解那时晒蒸的实际意义或必要性了。

但要知道，在那个物资匮乏的年代，衣物、被褥、家什都是稀缺之物，且那些衣物又都是些纯天然的棉、麻、丝绸、毛料制品。即使是条件再不好的人家，衣物、被子也都是自己一缕缕棉、一根根线纺织、缝制出来的。不像现在，买来的衣服都不需要熨烫，也不需要在衣柜里放上樟脑丸什么的，甚至放进抽屉都不需要折叠。

因此，晒蒸的时候，天再热，也是需要人看管的。万一丢了呢？丢了一件，就意味着这年的冬天可能会有许多的尴尬与不方便了。

我的妈妈也不例外。那时候，临近出梅的那几天，整天盯着日历本看。几号出梅，几号恰巧是星期天。当家人都在家的时候，妈妈就会让父亲帮忙，抬出家里的大小箱子，开始一件一件地在门口晾晒。

我们家是没有院子的。但在我们居住房子的一排小平房里，一共才三户人家。我们家是东头第一家，另外两家都是单身户。领导为照顾我们家做饭，特地在东面的一块空地上给我们家搭建了一个小厨房。因此，妈妈就有机会把这个地方围起来，围成一个小院子的样子。即使是这样，晒蒸时，妈妈还是要求我们时时刻刻看着那些东西。遗憾的是，不知道哪位走过路过的，也具有十分强烈的军人情结，一个瞌睡的工夫，就把父亲几套将军黄的军装上镶嵌着"八一"图案的扣子全部剪走了。害得父亲捧着那几件少了军扣的军装，黯然伤神了好长一段时间。

晒蒸的那一天到了，太阳刚刚升起，妈妈就大呼小叫地催大家起床。因为妈妈要拆了我们睡觉的小棕绷床，或小竹榻来充当晾晒工具。之后，又大声呼喊父亲把那个她视若贵重物品的大箱子给抬出来，一件件地往铺好的小床上如数家珍般晾晒衣服或被褥。

晒蒸时，妈妈的表情是凝重的。她一件一件地仔细观察、仔细抚摸着那些衣物，就像抚摸她自己的孩子一样。拿起这件，闻闻、看看，又拿起那件对着太阳照照。要么，把我们几个孩子的衣服放在手里反复使劲抻，仿佛要将我们的裤子衣服抻大、抻长一些似的，接下来的就是摇头和叹气的动作。每每这时，我们都会不解地问父亲："妈妈这是怎么了？年年如此。"父亲就会埋怨母亲一句："咸吃萝卜淡操心呗！"说完了，却也会长叹一口气。

后来我才明白，妈妈晒蒸的同时，反复打量那些衣服的时候，是又高兴又担心，高兴的是我们姐弟三人到了冬天又会长高，担心的是衣服裤子又会嫌短了。所以，每年妈妈晒蒸以后，就会捧着我们一大堆的衣服，一头扎在缝纫机上，用父亲磨破屁股的旧军裤，剪下还是完好的部分，巧妙地给两个弟弟拼出一条新裤子来。而最让我反感的是，妈妈老是在我已经穿得短得不能再短的裤子上接上一截裤腰，再像少数民族那样，接上两个裤脚边。为了这个，我没少和妈妈闹别扭，甚至做斗争。

晒蒸的习俗似乎离我们很远了，也渐渐地被人淡忘了。以现在的居住条件与生活条件，再怎么个黄梅天也无须晒蒸了。

但是，妈妈晒蒸时的面部表情，以及老濮院人一到小暑过后出梅日子里晒蒸的隆重场面，总是让我刻骨铭心，难以忘怀。

这不，前几日在微信朋友圈里看到，大家都在转发小暑与出梅的消息，不由自主地打开了嵌入式衣柜，想着，哪件可以拿出去晒蒸呢？

女儿见状，用像当年我看妈妈一样的眼神看着我，说："衣服过时了，扔掉就是了，不要光说发霉了，你又不扔。你又不是没有衣服穿！老穿着过时的那几件衣服，不觉得你都老得快了些吗？再说了，现在这些衣服的面料需要晒蒸吗？我们家的房子出捂花毛了吗？家里哪几件东西蒸鼻头气了？"

一连几个问句，问得我无言以对。说完，她就三下五除二地帮我整理起衣服来。不一会儿，楼下车库里就多了许多我多年积攒下来的，自认为还不算过时的衣服。

我并没有马上扔了那些被女儿说成过时了的衣服。等女儿去上班了，我学着妈妈当年的样子，一件一件地在楼下晾晒起来。但晾晒时的表情，已没有了当年妈妈唉声叹气的样子，只是期待有一天，能有机会把这些衣服捐赠出去。

一盘盐水鸡

永乐路上有家百年卤味店，店里的酱鸡、酱鸭、素鸡、素爆鱼等一切卤味都十分经典好吃。

除了这些，更有一绝，那就是用家传秘方制作的盐水鸡，真可称作小镇一绝。

这里，常常顾客盈门，有时还需要排一下长队。味美价廉的传统手艺，很是受老镇上的人喜欢。

尤其是到了夏天天热，家里怕起油锅，往往到店里切上一点卤味，回家炒一盘绿色蔬菜，再配上一碗汤，晚餐就齐活了！

阿明是这家店里的大厨，他制作卤味的手艺可是家传的，他从小吃到大，从业几十年也没厌过。这不，在后厨忙完的阿明，刚得点空就到前堂来看看。

阿明喜欢看店堂里的热闹景象，喜欢看人们买到他亲手做的卤味满意离去的身影，还喜欢和食客们讨论一下对口味的喜好。

卤味店店堂不大，但很干净明亮。阿明刚坐下，就见店堂深处站着一个人，一脸窘迫的样子，十分尴尬，那人边上还放着一盘已经切好的盐水鸡。

那人很瘦，腿很长，好像是……小镇上谁家的亲戚？阿明仔细地打量了一下这个人，似乎在哪里见过，可是想不起来了。

阿明想看看那个人的脸，可能是窘迫的缘故，那人把头埋得很低。

一旁的营业员一边麻利地做着生意，一边不时地回过头微笑安慰他，说："不着急，等等看有没有熟人，或是你先拿去，明天再来付钱。"

等着排队买卤味的队伍里有比较心急的人就说："没带钱？那你那盘盐水鸡就先让给我好了。"话还没说完，那个人就急急地说道："好不容易买到的，许多年都没吃到了！"

听声音，阿明又觉得熟悉。莫非是……"长脚！"阿明大叫了一声。

听到有人叫自己的绰号，站在店堂里的那个人猛地抬起头来："你是？阿明？"

"哎呀！老同学，这几十年你都跑哪儿去了吗？你不是在美国吗？怎么？没带钱包？"阿明在"长脚"胸前重重地擂了一拳，"长脚"打了个趔趄。

"长脚"揉了揉被阿明打得有点疼的肩膀，满脸通红地点了点头。

阿明狡黠地对着排着长队的食客说："这是我几十年没有见的从美国回来的老同学，都是老熟人了，没带钱包，我帮他付一下，顺便插一下队哦！"

队伍中的眼神齐刷刷地射向了那个叫"长腿"的男子，即将排到的那位顾客也稍稍往后移动了一下身子。

阿明帮"长腿"付完钱，顺便自己也买了点晚上的下酒卤味，和"长脚"一起走出了店门。

其实，老底子镇上人都知道，赵家墙门里有一后生名叫赵振志，改革开放的头一年就考上了名牌大学，成为小镇上人们茶余饭后谈论称赞的佼佼者。

直到后来，只听说他大学毕业以后又出国了，还是博士后什么的。具体到哪个国家、做什么工作的，随着时间的推移，人们都忙着趁改革开放的东风，做羊毛衫生意呢，也就渐渐地淡忘了。就连他的家人也只知道他在美国，至于做什么的，不清楚，可能是什么高科技行业吧！今天……今天怎么会出现在小镇永乐路上的卤味老店里呢？

阿明推着电瓶车，跟着"长脚"，不，赵振志，来到了马路边的停车场。阿明告诉了赵振志自己店里的活已经忙完了，又告诉了家里的地址，约老同学到家里来一起共进晚餐，赵振志欣然答应。

过了近一个小时，赵振志一路步行，凭着旧时记忆找到了阿明的家。

这是一座四层的小洋楼，宽大的院子里花鸟鱼虫、假山盆景一应俱全。推门进去，简约中国式的装修风格让人赏心悦目。

赵振志惊讶地问："这是你家？有没有弄错？在国外只听说家乡的经济发达，房子修得好，没想到这么好！我还以为你家门口的弄堂还小得挤不进人呢。"

说话间，阿明老婆早已摆好了桌子碗筷，热情地招呼丈夫的老同学。桌上，除了在卤味店买回来的传统老味道以外，阿明还早早在微信里用语音嘱咐老婆多加几样家乡的土特产。

席间，酒过三巡，赵振志从钱包里拿出一百元人民币，对老同学说："喏，盐水鸡钱。"

阿明用手一挡："哎！半只盐水鸡，二十几元钱。"转而笑着说："不动脑子，还博士后呢！没带钱包，不能用支付宝，不能刷微信？你大姐呢？厂里忙得出不来？我看你是在国外读书读憨了吧！在这里什么都可以刷微信，刷支付宝的。你以为现在家乡还是你走之前的时候吗？现在连菜场卖菜的老太太都有微信、支付宝的！"

"长脚"赵振志起身，长叹了一口气，尴尬地说："我没有这些。"

　　这回轮到阿明诧异了："怎么？那么发达的国家没这个？"

　　阿明老婆怕赵振志尴尬，连忙过来劝酒添菜。

　　赵振志看着满满一大桌子的菜肴，感慨地说："要不是我明天就要回去了，要不是大姐告诉我那家卤味店还在老地方，要不是我忙中出乱只拿车钥匙而忘拿钱包出门，我又怎么会知道家乡不仅经济发展迅猛，就连科技也和百姓的生活息息相关。变了！真的变了！家乡，已不是四十年前的那个小镇了！四十年前，我初出国门，你们羡慕的眼神里，怎会知道我这个海外游子的辛酸。好了！从此，我们可以更加为家乡骄傲了！"说完，赵振志高高地举起酒杯，把杯中的酒一饮而尽。

　　两个老同学推杯换盏间似乎有说不完的话语，不知不觉，自鸣钟的短针已指向十一点。要不是赵振志的大姐来电话催，他怕是要与老同学畅谈到天明呢。

　　终于到了起身告辞时候，醉醺醺的阿明，把同样是醉醺醺的赵振志送到门口。

　　突然，赵振志猛地转过身来，一把抓起阿明的手。两个男人的手一起高高举起，赵振志对着月光哽咽："我在美国，跟你职业一样，这几十年来，无论我的手艺多么努力地做到极致，可味道里，怎么就是吃不出古镇家乡的味道呢?！"

　　看着清泪长流的赵振志，阿明轻轻地对老同学说了一句："也许回家就好了！"

秋深了，想做一点番薯干

秋深了，田地里到处都是一片丰收的景象，到处呈现出一个个忙碌的身影。

在提倡亲近大自然的今天，我也找了个机会带着孩子来到乡下，找一片番薯地，开展一下亲子活动。

挖番薯前，你先要把蔓延的番薯藤给清理掉，然后用一把四齿钉耙照准那露出的番薯藤茬刨下，再用巧劲儿，顺势一拉，一窝大大小小的番薯就暴露在阳光下了。然后，等着身后的孩子把红艳艳的番薯捡进篮子里。

说起来轻巧，等我亲自上阵挖番薯的时候状况就变了，不是把番薯挖得遍体鳞伤，就是白费力气挖个空。好在亲子活动图个乐趣，也不在乎挖的番薯有多少。

看着前面的人示范，功夫还真的不负有心人。在指定的时间里，我也挖了满满的一大筐番薯。看着孩子高兴的样子，大呼可以美美地吃上一顿时，我眼前闪现的不是让人垂涎欲滴的番薯，而是香气诱人的番薯干。

番薯，别称甘薯、红山药、山芋、地瓜、甜薯、红薯、红苕、白薯等。一年生草本植物，地下部分是圆形、椭圆形或纺锤形的块根。番薯原产南美洲及大、小安的列斯群岛，全世界的热带、亚热带地区广泛栽培，中国大多数地区普遍栽培。

番薯是一种高产而适应性强的粮食作物，与工农业生产和人民生活关系密切。

番薯的块根除了作为主粮外，也是食品加工、淀粉和酒精制造工业的重要原料。

在二十世纪六七十年代物资十分匮乏的岁月里，在我们这一代人的记忆中，番薯是饭桌上常有的主角。

记得那时，在收番薯的季节里，只要一回家，厨房里冒出来的蒸汽中，总是会有番薯味儿。番薯粥、番薯饭，要么干脆就是蒸番薯。更不能让人忘怀又刻骨铭心的是，有一次家里没有下饭的菜了，妈妈竟然把番薯切成丁，放盐炒好了让我们当菜配稀饭。又甜又咸的味道，实在让人难以下咽，真不知道我妈妈是怎么想出来的，那种感觉至今仿佛还在喉咙口堵着，滑腻腻的不好受。

我开始厌恶吃番薯。不是我挑食，而是一直吃一直吃，我的胃已经到了一看见番薯就开始灼热、泛酸水的地步。

不管我怎样厌恶天天的吃番薯，但有一样番薯做的食物，我是爱不释手的，那就是番薯干。

番薯干属于一种小零食。在那个零食不属于我们的年代，只要有可能，只要条件允许，大人们还是会千方百计地满足孩子们的愿望的，我妈妈就是这样的。

那时候，妈妈除了上班，剩下的时间就是想办法怎样让我们这些正在长身体的孩子吃饱吃好。因此，有时候，她就像会变戏法似的，不断拿出一些自己制作的小零食给我们。比如，有胡萝卜时，她会将胡萝卜放在饭锅里的蒸架上，一边烧饭，一边将胡萝卜蒸熟，然后切成手指那么粗细的条条，晒上几个大太阳，再放在阴凉通风处风干。过上一段时间后，吃起来甜甜的、有嚼劲的小零食胡萝卜干就做好了。再比如，炒蚕豆、炒黄豆等等。除了炒蚕豆、炒黄豆以外，妈妈还可以把蚕豆做成盐渍豆，把黄豆做成笋干豆、梅干菜豆等。这些都是我们爱吃的小零食。但无论做什么，都比不上批量最大、香脆甘甜的番薯干。

记得那时，人们吃饭是要讲定量的，买粮食除了钱以外，还需要用到粮票。每年到了秋天，妈妈就会从不多的粮票里拿出一些来换番薯。我记得那时一斤粮票可以换七斤番薯。

到了秋季，妈妈就用省吃俭用积攒下来的粮票换番薯，一换就是十几二十斤。

那时，换番薯就是我们家的头等大事，全家都出动到濮院镇的西河头粮站去换番薯。

父亲推着那辆破旧的自行车，妈妈扛着麻袋，剩下的就是我和弟弟们用各种手段进行搬运了。实在太多了拿不了，我们姐弟还会想出各种奇招搬运，反正都得拿回家去。最搞笑的一次，我竟然叫弟弟脱下长裤，将两个裤腿打个结，里面灌满番薯，我再拆下自己扎辫子的皮筋，将裤腰扎住，然后套在自己的脖子上。就这样，肩扛手提地往家搬运。惹得弟弟一会儿说我像牛耕田，一会儿说我像驴拉磨。

番薯弄回家了，妈妈会仔细地挑选一下，把最大个儿的拿出来做番薯干。因为个小的番薯会有许多茎茎绊绊，做不成番薯干的。

番薯煮熟后，要快速地剥掉皮。每每听见妈妈拿着滚烫的番薯从左手倒到右手，还不时发出"哦哟、哦哟"的声音时，我就有些小激动。

妈妈把剥好皮的番薯扔在一个大盆子里，我就会快速地用铲子将番薯碾碎，不能有一丁点颗粒。至于番薯要趁热剥皮趁热碾碎，不能等冷了的原因至今没有探明过，只是人云亦云罢了。而且人们也没有勇气去尝试，万一失败了呢？损失不起嘛。

不一会儿，一大盆番薯泥就做好了。但考究的人家还会将晒得半干的橘子皮切成细细的丝搅拌进去，再奢侈一点还会搅拌进去一些黑芝麻白芝麻什么的。

　　接下来做番薯干的饼坯就是我的工作了。

　　其实，做番薯干的工具十分简单。就是一只家里的饼干桶。利用饼干桶上的圆形或方形盖子，铺上一块纱布或小手帕就行。

　　开始做番薯干了。我把自己早已洗净的小手帕在水中打个半湿或略潮，铺在饼干桶的盖子上，用菜刀的刀尖挑一坨番薯泥，抹在上面，然后利用盖子上的凹陷用刀背顺着饼干桶盖子的形状做成番薯干的饼坯。

　　饼坯做好后，轻轻拎起小手帕的两个角，快速地把它铺在准备好的竹匾里，等待太阳与风的作用力。

　　做番薯干是要等待一个好天气的，但在太阳底下的暴晒也只能是第一天，往后的时间你就要移到树荫底下斑驳着晒或自然小风吹干。哦，晒番薯干还有一个讨厌的活儿，就是要一直不停地驱赶苍蝇，因为苍蝇也爱那样的香甜。

　　番薯干在树荫底下半干微潮时，你就得拿回来用剪刀把它剪成菱形或长条状。一般人家都把它剪成菱形，然后继续晾晒，直到抓在手上会发出沙拉沙拉的声音为止。

　　所以我说整个秋天都是美的。不说枫叶红，也不说秋月明，就单说这家家户户门前晾晒的番薯干就足够壮观，有用竹匾晒的；有拿自己夏天乘凉的竹榻来晒的；更有人干脆就在大石头上铺上一层干净的稻草，直接晾晒成形的。番薯干上镶嵌着的丝丝红色橘子皮，星星点点的黑芝麻白芝麻都在预示着整个岁月的美好。

　　新收上来的番薯干，妈妈只会拿出很小的一部分来给我们尝尝鲜。剩下大部分用一只大一点的饼干桶装好密封，等着过年时拿出来享用或招待客人。

腊月小年一过，妈妈就开始准备年货了，也开始指挥我炒制各种炒货。有黄豆、蚕豆、花生，偶尔也会有小核桃，但我最愿意炒制的就是番薯干了。它不仅是我的心血，更是我的成果。

炒制番薯干是很讲究的，它不能直接放在锅里炒，而是要放在沙子里小火慢炒。

沙子是我们早早到建筑工地里用筛子筛出来的颗粒沙，并用河水淘洗干净，因为不淘洗干净就会有细沙沾在番薯干上，吃的时候会硌牙。

用手试一下锅里沙子的温度，五六十度时就可以将番薯干倒下了。若沙子太烫，会使番薯干直接变焦发苦，那样就没法吃了。细火慢炒至番薯干嫩黄就可以出锅了，盛在淘米笋里筛出沙子让它再晾一会儿，冷透，香甜松脆的番薯干就完成了。

吃炒番薯干是件快乐的事，在包棉袄布衫口袋里装上一把番薯干，和小朋友一起跳绳时，一蹦一跳间，从口袋里发出的沙拉沙拉声，会让你很有面子。跳绳跳累的时候，还可以拿出各自的番薯干换着吃，比较着吃，看看谁家橘子皮丝切得细，谁家的芝麻比较多。

写这篇文章的时候，邻居家用塑料袋装过来几个番薯。看见个个相似的红艳艳的番薯，我的胃还是会泛酸。但我想，如果把它做成香甜松脆的番薯干，我肯定是更欢喜。

突然想钓鱼

钓鱼似乎是男人的专利，至少我是没见过有女人钓鱼的。可在我潜意识里总是很想去钓鱼。

我身边的人，除了父亲偶尔钓鱼以外，几乎没一个人会钓鱼或对钓鱼感兴趣的。

父亲钓鱼，是在退休后开始的，我经常取笑他是业余里的业余钓手。尽管这样，暑往寒来，父亲照样乐此不疲地出去垂钓。

父亲的钓鱼装备十分简单，可以用简陋来形容。开始的时候，父亲的钓鱼竿是一根青竹梢，鱼线是从农民那里要来的绷田用的尼龙田丝绳。鱼线拿来后，挑出一根绑在青竹梢上。鱼钩是父亲唯一用钱去买来的装备，然后背着锄头到处挖蚯蚓当饵料。准备妥当，就带着早上从食堂买的大馒头，带一点小咸菜、一瓶水、一个小水桶、一顶大凉帽，骑上自行车就出发了。那时候没有手机，也不会知道父亲钓鱼会跑多远，只有晚上回到家，才能从他嘴里知道他去了哪里钓鱼。有时候他会说他到了新生的张家桥、郑家笕等地方，我们就会担心他，那些地方离家毕竟有十几里远呢。

为避免我们担心，父亲退休以后出去钓鱼最多的地方就改在他退休前的单位——丝厂东面的那条小河了。

说是小河其实也就有二三十米宽，这是一条分隔嘉兴秀洲区洪合镇与桐乡市濮院镇的界河。河面上一座拱桥，叫长木桥。河面上荡漾着许多的水草，父亲就在靠桐乡地界的河岸边找个地方坐下，开始漫长的等待。

钓鱼是需要耐心的，会抽烟的人可以一支接一支地抽烟，可父亲不会，只能一点一点品自己带来的一大瓶茶。而且，喝茶的声音还不能大，声音大了会吓跑鱼的，更不要说和他聊天说话了。

所以，看父亲钓鱼实在是没意思。

没意思归没意思，可我实在是被鱼线在水中的一起一伏所迷，心里就想着自己要钓一次鱼。

钓鱼只能在脑子里想想而已，多少年过去了也没成行，但愿望却越来越强烈起来。

终于有一天，我的手里拿上一根钓鱼竿了。

那是一年的春天，我们一家人到秀洲区的一个农庄里游玩。出发前，看攻略图上有介绍可以垂钓。冲着这一点，我兴致很高。

在农庄的游玩过程当中，先让家人们玩了骑马、采摘的项目。等到开始吃农家菜的时候，我终于忍不住提出来要在这儿垂钓一次。听到这个提议，正在往嘴里塞菜的家人们都瞪大了眼睛。我问道："不可以啊？"

老公连忙说："可以，可以。下午你钓你的鱼，我们继续玩其他项目。"

这里钓鱼是要付费的，五十块钱半天，钓到的鱼归垂钓者。

付完钱，在服务处拿到了一根钓竿、一点鱼食、一个网兜，又到餐厅后厨借了一个水桶准备装鱼。

我记得父亲对我说钓鱼是不能有声音出现的，怕鱼儿吓跑了不咬钩。因此，就不让家人陪在我的左右，还关照老公也不要让刚会走路的小外孙缠着我。

我选了一个柳树成荫的地方，望望四周，并没有人注意我。于是，就学着专业钓鱼人的样子坐下。

我先在鱼钩上装上鱼食，那鱼食白白的，不知是什么东西做成的，闻了闻，既不香甜也不臭。反正不是我们小时候用来钓田鸡的蚂蚱腿，也不是父亲经常用锄头挖出来钓鱼的红蚯蚓。

管他呢，我坚信，付了钱的鱼池，就一定可以钓到鱼的。这是最起码的。

装好鱼食，将鱼线用力抛到池塘水深一点的地方，静等鱼钩的移动下沉。

仲春的阳光有点扎眼了，水面上只有阳光在跳跃着。偶尔，也会有蜻蜓从荷叶上起飞晃动出来的波晕，也有蚊子幼虫子在水面上划过的痕迹。而我抛出鱼线的地方始终却是一片寂静。

池塘的另一面也有一个钓鱼人，看不清他大檐草帽下的脸。但从他伸出的一双穿着旅游鞋的脚来看，似乎是一个走过三山六码头的人。

鱼不咬钩，我的神情也出窍。我把对面的那个人想象成姜子牙，抑或是独钓寒江雪的蓑笠翁。波光粼粼的水面让我想到了愿者上钩的词句；凉风习习的树荫让我想到了寒江白雪里垂钓的老人。能让姜太公的直钩钓上来的鱼它得自愿到什么程度？独钓寒江雪的老人在寒冷的江面上垂钓，是为了意境还是生活所迫？

前者，我的意愿是上钩者的大智若愚；而后者，我更愿意理解为一种意境，一帧唯美的画面，一个可以让后人尽情想象的空间。

对面钓者面前没有泛起水花，我的面前也只有几只蜻蜓来回亲昵。太阳已经开始斜照，蓝色的天空亦已坠落在河的深处。远处，一遍又一遍地传来老公催促外孙女回家的声音。面对一个下午反复起钩，甩钩，装鱼饵的努力，鱼桶依然空空如也，我不免有些沮丧。我承诺孩子的清蒸鲫鱼、鱼汤豆腐，还有精肉嵌宝鱼等晚餐都要成为家里人数落我的笑话。

忽然，我发现对面的男人一跃而起，拿着手上的钓竿开始在河岸上来回急走着。我知道，他有鱼咬钩了，现在来回走的过程是在溜鱼。也就是说，他钩底下的鱼不会小。我把鱼竿插在河岸上的泥地里，专心致志地看他溜着鱼。

鱼终于溜不过他，被男人拖上了岸滩的草地上。我跑近看时，男人与那条鱼都在张大嘴喘着粗气。

一顶草帽静静地在草地上休息，我终于看清了垂钓者的脸。

他擦了擦脸上的汗水，对我说："这条鱼好大，还好是我钓到，换作你钓到，它可能就挣脱了。"

又问："你一个人出来钓鱼?"得知我钓鱼的来龙去脉后，他笑着说："钓鱼并非男人的专利，多少钓鱼发烧友中，女将的战绩有时候是了不得的。但钓鱼除了技术以外，还要有的是毅力，多数时候还得凭运气。心要静得下来，耐得住寂寞，还要练就一番真性情。"

我知道钓鱼的门门道道很多，切身体会，还真是需要修炼一番的。

我向他祝贺了一番后走回自己的钓位，收拾渔具，到服务台结账，招呼家人一起回去。

外孙女对我的空鱼桶比较失望，我告诉她河里钓起来的鱼也许不好吃，我们还是到菜场买几条吧。

当我办完退押金手续回到车边，发现外孙女正围着一只扁大的水桶拍手欢呼："好大一条鱼！好大一条鱼！"

我忙问："怎么回事？"外孙女说："那个伯伯说，有些男人做的事，女人也可以做的。"

老公说："那人说喜欢读你写的诗！这是他一定要送给你的。"

夕阳涂红了回家路上的树木，一辆银色汽车穿行在两边长满水杉树的乡村道路上。望着落日下的美景，我又会用哪个人物形象来对应这个远去的身影呢？

小下昼，难忘的美味

古镇濮院开埠较早，所以人说话到现在都有点文言。生活与交流中，许多还是沿用比较古老的说法。比如说随便你，会说：悉听。其实就是悉听尊便的前两个字。再比如说一个人不靠谱，会说：脱襟。而"襟"是古时候衣襟上的扣子。等会见，称：晏歇会。晏又读"暗"。还有，白天称"昼"；上午称"上昼"或"上昼头"；下午称"下昼"或"下昼头"；傍晚称"黄昏"或"黄昏头"。而下午一点半到三点的这个时间段里，还有一个特殊的称呼："小下昼"。

"小下昼"既是对时间段的称呼，也是对在这个时间段可以吃的一些小吃食物的统称。比如"吃点小下昼"，那就不是吃这个时间段，而是吃在这个时间段里的食物了。

老濮院人的饮食也有点独特，早晚两餐吃粥。不知是觉得晚上那餐粥撑不到天亮就会饿还是怎么的，就在下午一点半至三点之间，特别是在两点左右要吃点"小下昼"。同样，农村人叫"烤老烟"或"烤朝烟"，也是工作中间休息一下，补充一下体力的意思。

吃"小下昼"的名堂很多，可以用五花八门来形容。用来做"小下昼"的食材，可以是一切食物，也不用一家人围坐在一起盘装碗盛地正规就餐。如家里煮一锅红薯，你就可以拿一个在手上，站在街边吃，和邻居家人们一边聊天一边吃。即使是用碗装的京粉头，也可以盛一小碗出来到处溜达着吃。

"小下昼"虽然品种繁多，但最最常见的，也是最最经典的要算京粉头了。

京粉头其实就是粉丝汤，有的人也叫丝粉汤，但濮院人叫得最多的是京粉头。一年四季，特别是到了冬季，一些街边小摊上就会支起一口大锅，里面晶晶亮，咕嘟咕嘟煮的就是京粉头。我也是奇怪，店里卖的京粉头怎么就煮不烂、煮不糊呢？在家烧碗粉丝汤，还没怎么煮呢就糊成浆了。

其实煮京粉头的粉丝是很有讲究的，街边小摊上卖的大多是红薯粉丝，据说这种粉丝浸泡以后粗胖、透亮、耐煮、不易糊，且成本也较低。每天一到下午，卖京粉头的店老板就会把各种配料准备好，只等你上门。

光煮一锅京粉头是不行的，还需要许多精美的配料。一碗京粉头好不好吃关键还在它的配料。

我的记忆中，京粉头配什么料都好吃。如果你的经济条件比较宽裕，可以吃爆鱼京粉头，也可以吃肚丝京粉头、牛肉京粉头；经济条件差一点，可以吃肺头京粉头，或榨菜肉丝京粉头。

爆鱼京粉头中的爆鱼是事先用油爆炒好，再用特制的汤汁浸入味，当滚烫的京粉头盛出来的时候，放完作料，在上面端端地放上两片鲜香可口的爆鱼，面上再撒上碧绿的葱花或香菜。吸溜一口京粉头，喝一小口汤，轻轻地咬一口入了味的爆鱼，一股浓香就会在你的口腔里充盈起来。

一碗京粉头汤是不顶饱的，吃京粉头汤的时候，大多数人会来一个濮院特有的油墩，或油番薯什么的。这样，你一个下午的工作，即使干到黄昏头的六点多钟都没问题的。晚上喝粥，也正好清清肠胃。

除了爆鱼京粉头外，再有就是要数肚丝京粉头了。同样盛

出一碗亮晶晶胖乎乎的京粉头，老板用手指轻轻地在准备好的加料盆里，捏一小撮熟肚丝，然后在上面加上榨菜末、香葱等。

肚丝绝对不会放太多，老板要考虑成本的。当你在拨弄碗里的京粉头，嘴里偶尔吃到一条肚丝时，也会有兴奋的满足感的，口腔里会不由自主地增加一个细嚼慢咽的动作。

当然，牛肉京粉头汤或其他京粉头汤的做法也是各有千秋的。

除了京粉头汤外，"小下昼"当家的还有小馄饨。一般"小下昼"很少吃大馄饨，吃"小下昼"只是为了垫垫饥，不需要吃得很饱。所以，小馄饨就经常出现在人们的面前。

我不知道发明小馄饨的初衷是什么，可能也是为了垫垫饥吧。薄如蝉翼的皮子，"裹得牢裹根葱，裹不牢裹个空"成了人们调侃卖馄饨人的常用语。但多数时候小馄饨是裹得牢肉的，端上桌时，从它薄如蝉翼的皮子上就可以看见一点点肉的红色。

一碗小馄饨，特别是在冬天，热气腾腾的雾气从你眼前飘过，是没有哪个人能抵御得住的。一碗小馄饨，一根炸得焦黄的老油条，一个下午就是美美的了。

后来又有了锅贴、煎饺、煎馄饨什么的，不拘于你吃什么，但助你落胃的，还得是一碗京粉头或小馄饨。

除了这些，濮院人的"小下昼"也有吃甜食的。冬天冷，可以是三两个甜糯芝麻猪油汤圆或猪油夹沙汤圆，红糖镬糍茶、胡蜂窟、梅花糕，一杯麦乳精，天气热会有芽麦塌饼、青豆胡萝卜茶、红丝绿丝八宝汤和水果什么的。但多数吃的还是咸味食品。什么油沸臭豆腐干、酱葱豆腐干、萝卜丝饼、刺毛团子、盐渍卤毛芋艿等。

记忆中最热闹、最开心的还是得数一帮人聚在一起烧山薯的情景。哦，我这里必须强调一声，别小看了烧山薯，要烧出油光光的山薯，也真算得上是一项技术活了。

　　烧山薯，最好用尺八铁镬子来烧。最好挑选大小基本相等的红皮黄瓤山薯。

　　将山薯洗净入锅后，关键的一步是往锅里加水。水加多了，山薯会变得水淋淋的，稀烂稀烂的没吃头；反之水加少了，山薯是烧不熟的。

　　烧山薯的最高境界就是掀锅前闻到微微的焦香，掀开锅盖后，锅底刚刚烧干，或底层山薯靠锅焦黄的一面有焦糖粘连。一扯，长长的糖水丝在风中瞬间凝固变硬，你就会急忙偏转头过来，不顾吃相，伸长舌头去舔。

　　还有几种山薯的做法也是非常好吃的，也可以当"小下昼"来吃。如烘山薯、烤山薯、煨山薯。烘山薯与烤山薯形式上差不多，烘山薯是将山薯放在煤炉边上利用余热烘熟；烤山薯，是将山薯放在专业的烤山薯炉里用炭火烤熟。而煨山薯就不同了，是将生山薯扔进正在烧火做饭的灶膛，或埋在做好中午饭柴草没有燃尽的余灰里，等到吃"小下昼"时把它拿出来。

　　煨山薯奇香，但吃相却十分难看。从锅灶里拿出来的煨山薯，有的时候外皮已经焦黑了，剥开来，有可能只剩下一点点山薯芯芯。即使是这样，人们也会抻长脖子，仔细地把它啃完。如上班匆忙，来不及细细地擦干净一嘴黑，要紧的场合下，很容易就会被人家知道你吃了煨山薯。

　　吃"小下昼"，人们不仅仅是在闲暇时吃，有时候正上着班呢，有人拿进"小下昼"来。领导看见了也不会说什么，或只当没看见，只是让大家在隐蔽一点的地方吃，或相互错开时间轮着吃。

古镇濮院开始被开发保护起来了，多数的老濮院人也四散到了外地。即使是留在濮院的也都住上了高楼大厦。若想相约在一起聚聚，也多数会找一些茶楼、酒吧、咖啡馆等正规地方。

现在想来，这个吃"小下昼"的形式，就相当于现在吃时髦的下午茶。但没有了过往的氛围，也就没有了相当的惬意、温馨，以及更多的满足幸福感在里面。

怀念那时候的"小下昼"了。

天冷了，想吃点猪头糕

气象报告说有冷空气南下。看着院子里的银杏叶一片一片地飞落下来，我整了整衣领，觉得真有点冷了。

回到房间，关紧门窗，泡一壶热茶，斜倚门旁。望着渐渐萧瑟的冬天，对喜欢美食的我来说，开始思忖有关冬天的美食了。

打开手机搜索，群里最热闹的竟是濮院冬令传统菜肴：猪头糕。

猪头糕，不是糕饼点心，而是一道美味的时令小菜。其他地方的猪头糕我没吃过，但江南，特别是家乡濮院的猪头糕那真是一绝。一直想诗词歌赋、锦绣文章的我，也癖好吃猪头肉，尤其偏爱猪头糕。

小时候，一年也吃不到几次肉，过年时，父亲为了让我们多吃到一点肉，就会买回一个大大的猪头来，亲自烹饪。父亲因为白天上班比较忙，因此，烹饪猪头糕往往是放在晚上的。至少我的记忆是这样的。知道猪头糕的制作程序比较麻烦，我们姐弟三人为了能吃到一丁点的猪头肉，会一直守在柴灶旁，直到瞌睡得眼睛都睁不开也不肯离去。

这时，母亲就会埋怨父亲心狠，说："你就让孩子们尝尝呗！"听着锅里翻滚的水声，闻闻肉香味的浓烈程度，我们知道肉还没熟透。

等肉的过程是幸福的，当我们醒来发现大家都躺在床上，屋外的肉已香味四溢时，连忙穿上衣服，顾不得寒冷，一个箭

步冲向屋外的灶头旁。看着一大盆的猪头肉，已被父亲切成一片一片整齐地码放在一只大盆里。看到暗红的冻卤里镶嵌着咖色的猪头肉时，我口腔里的口水直往外涌。而父亲只是小气地给我们每人分一小块，而把一大盆猪头糕用白纱布盖好，每次吃饭时，才夹出几片。这是远远解不了我们姐弟的嘴馋的。因此，猪头糕的美味一直在我心里，成了永远美好的诱惑。

现在想来，那时的父亲不是小气，是怕那个物资匮乏的年代里，一丁点的油水会吃坏我们姐弟俩的肚子。

前几年，我到乡下朋友家吃年酒。席间丰盛的菜肴让我不得不在中途起身溜达一圈，以便更好地吃下面端上来的大件荤菜。当我溜达到厨房时，一大盆猪头糕让我眼前一亮。我问女主人："为什么这个不端上桌？"女主人憨憨地笑着说："这个不上台面的。"

我硬让女主人给切了一大盘，不管不顾地又吃了一肚子。

末了，回家时，又带走了他家整整半脸盆的猪头糕。

吃得不过瘾，就想办法自己做。我到市场上对摊主说了句："来只元宝猪头。"于是，一只硕大的猪头就端端地放在了家里的案板上。无论老公对我投来怎样的目光，我依旧陶醉地用父亲留下的方法烹制猪头糕。

烹制猪头糕的步骤说难也不难，说容易也还真不容易。

首先，要把买回来的元宝猪头进行彻底的清洗。先用小刀把没有刮净的细毛仔细剃除。烧之前，先将猪头放在清水里浸泡一到两个小时，滤掉血水。然后，在一只足够大的锅里放满清水，以没过猪头为准。等水沸腾开了，将猪头捞出锅，用清水再次冲洗，去掉血沫。当猪头重新入锅时，倒上黄酒，放入香料包。香料包里可根据自己的喜好，放上八角、小茴香、辣椒、桂皮、香叶、大葱段、生姜片等。如你不吃辣，可以不放辣椒。剩下的就是时间问题了。

等猪头煮到酥烂，将大骨头取出。把猪头肉切成二寸左右的条，在切猪头肉时，注意将一些小骨头也仔细挑出，然后用原汤水煮。

这次煮的时候，就要加上酱油、白糖、鸡精，以及其他的香辛料。

等猪头肉在锅里彻底入味时，出锅，装盆。冬天的时候，你只要放在室外或家里的阳台上自然凝冻。而夏天，你就需要放在冰箱里冷藏了。等成形了，用刀把它切成一厘米左右的薄片，装盘。

猪头糕，既可以当冷盘菜，也可以当零食吃。那琥珀色的冻卤里镶嵌着咖色的猪头肉，像极了工艺品。猪耳朵脆生生的，猪鼻子软绵绵的，猪脸肉嘟嘟的。味道鲜美可口，让人垂涎欲滴，满口生香。

在家做猪头糕，毕竟也算是个大工程了，做多了也吃不完。所以，大多数的时间，还是买着吃的。吃来吃去，用一个吃货的标准来衡量的话，还是要数濮院镇凯旋路上的桐香猪肉店及中心路上老油米厂北面的万祥饭店里做的猪头糕比较合我胃口，也比较有老濮院的味道。

手机微信群消息又在一闪一闪的。不行，我得马上到濮院镇凯旋路上的桐香猪肉店里订一盘刚出炉的猪头糕了，晚上继续大快朵颐。

挖鞭笋时想到一个词

江南多雨，所以多竹林，笋自然也就多。

我居住的桐乡，是个百花地面，爱种花，自然也种竹了。你四处走走，乡野村坊间的人家，房前屋后，往往都会有一小片的竹林子掩映着，四季翠绿。

江南人家的餐桌上，"笋"似乎是一年四季都可以出现的。从清明前后的春笋，到六月里的鞭笋，夏天离不了的青笋，初冬时节的冬笋，过年时的腊笋等。这其中，春笋、鞭笋、冬笋是时鲜，刚从地里挖出来的，清洗之后即食，味道鲜美无比。而青笋与腊笋，是被加工过便于储藏的干货，桐乡人一般不会自己制作，只是在菜场或超市里购买。

一般的青笋是咸的，吃前往往要提早浸泡。夏天暑热，家里往往都会有一碗青笋咸肉冬瓜汤、青笋炒毛豆。如夏天家里要烧大荤的菜肴，也会用到青笋。如，青笋老鸭煲、青笋猪脚等。总之，青笋在夏天是百搭的。青笋无须多，只要一点点，就足以让你鲜得口水流下来。

腊笋，一般是在冬天吃的。也可以说是冬天的专属，特别是到了将近过年的时节，买腊笋、泡腊笋，几乎是家家户户的必备功课。年夜饭上，除蹄髈外，一大碗腊笋烧肉端上来，立马就会成了餐桌上的重头戏。

青笋吃时需要提前浸泡，盐分不重的青笋需要提前一两个小时浸泡，而浸泡腊笋则需要十天半个月的时间。一年到头，吃过腊八粥以后，家里的主妇们就开始将桶里缸里蓄满水，把从街上买回来的腊笋干进行浸泡。泡的时候，有经验的老人家不但嘱咐你用清水，还会悄悄告诉你一个自家的秘方：用淘米水浸泡，口感更佳。

我是北方人，老家没有竹子。虽蹒跚学步时，才知道了有竹子和笋，但却十分喜爱竹子这种植物。喜欢它的翠绿，喜欢它的挺拔，更喜欢它的气节。因此，就会羡慕那些有竹园的人家，也幻想着自己什么时候屋子后面也可以有一片竹园。

那样，春天，你可以听笋破土而出的声音；夏日，你可以看风摇竹海的靓姿；秋时，可以看迁徙的鸟儿从头顶掠过或共语；冬寒，下雪了，翠竹一身白纱——哦，你还可以在雪夜里，听到竹枝因承受不了雪的重量而发出的嘎嘎声响。

"宁可食无肉，不可居无竹。无肉令人瘦，无竹令人俗。"每每看到苏轼的这两句诗，就会想到一片浩瀚的竹海。

我大可不必把自己装成很高雅的样子，喜欢竹子，其实是喜欢吃它的笋。一年四季，只要餐桌上有笋，都会勾起我十二分的食欲。

喜欢吃笋，却从来没有亲自到竹林里挖过笋。唯一一次进入竹园弄笋，还是几十年前在乡下当知青时，跟小伙伴们到镇上看戏文，回来的路上摸黑到竹园祸害人家的笋。

其实，桐乡一带有个风俗，立夏前后要烧野米饭，此时到人家地里采豆、采笋不算偷。但那次祸害得实在是太厉害了，第二天还是看到主家老奶奶站在竹园里骂响人（即漫无目的地叫骂）。

即使是这样，我也没有胆子，也不知道怎样下手去挖笋，只是拿脚慌忙地把笋踢掉（回家看，只是几个笋尖尖，根本没有食用价值）。

挖笋，成了我荷锄背筐，置身竹园，收获满满的向往情景之一了。

机会总是有的。住嘉兴建设乡的建芳家就有一片竹园，离我住的濮院不远，驱车只要十分钟的路程。

这是一年的初夏，我约上滢妹子一起前往，十分钟的路程眨眼就到。

驱赶走建芳家门前的那两条大黄狗及抻长脖子"嘎嘎嘎"叫的灰鹅、白鹅，我们提着竹筐，拿着铲就到了河边上的竹园子里。

长久没有下雨了，竹园子里的泥土有点干。建芳怕我们热着、累着，笑嘻嘻地说："你们在旁边休息一会儿，我来帮你们挖吧。"我急忙说："不用不用，我们自己来，我还从来没有真正意义上挖过笋呢。你只要告诉我们你竹园里的鞭笋在哪儿就行。"

确实，整片竹园打眼望去，地面上是没有一根鞭笋出现的。建芳告诉我："鞭笋是长在土下面的。"又幽默地反诘了我一句："你不会以为鞭笋会像西红柿一样长在地上的吧？"

然后，建芳一边用铁铲挖，一边教我们挖鞭笋要看地上有没有裂缝，泥是不是拱起来了等。只见她"喏，喏，喏，喏，喏，喏"地说这里有一个，那里也有一个。不一会儿，她的藤篮里就躺着好几根白白如玉的大鞭笋。然后，滢妹子也"哈哈哈"大笑地说自己也挖到了一根。

我不甘落后，低下头，用眼死死地盯着竹园里的每一条裂缝，也时时盯着每一个鼓起的地面。可惜，我挖一个不是，再挖一个也不是。都挖到竹根了，也没有见到鞭笋的影子。我有点气馁，看到空空的竹篮，有点后悔刚进竹园时说的话："今天自己挖来自己得，谁也别帮谁！"

我跑过去看滢妹子挖鞭笋的诀窍，她竟然没空理我，一个劲儿地大呼小叫着说："我又挖到一个！"

我又开始埋怨自己的铁铲不好使，建芳笑着过来跟我换了换手中的工具。

白胖的鞭笋依然在建芳的铁铲子下一个个见了天日，可我还是像海底捞月一样毫无收获。

我放弃了，把铁铲放进竹篮里，一屁股坐在竹园边上的路基上。

路基上的青草软软的，我仰头看头顶上蓝天纯净，望远处，白云飘来荡去，就连那棵剪了枝条的桑树上，两只往死里打的鸟儿尖锐的叫声，都想让我弄清楚缘由。

管他呢！晚上答应家人的鞭笋毛豆咸菜汤、鞭笋芦笋烧肉片都没有我陶冶在竹园习习微风下来得诗意。

我开始仰躺在草地上，放空自己的杂念。我在想鞭笋是怎样在地底下拱破覆盖着它的沉重黑暗，努力向着光明萌发自己的意愿的。

想到这儿，我突然从草地上一跃而起，对她们两个人说："别挖那么多了，一个鞭笋就是一棵竹子啊！"

我又问建芳："我们把它挖了，整个竹林的生长会不会受到影响？明年会不会没有竹子长出来？"

建芳告诉我："不会的，竹笋是可以一年四季生长的，挖掉多余的竹笋是为了其他的竹子更好地生长，尤其是鞭笋。要不然，任其生长，长出来的竹子只能用来做撑蚊帐的竹竿了！"末了，还不忘笑话我一句："空操心！"

听到这里，我忽然想到一个词：舍得！有舍才有得。有时候，舍去一些，或许会得到更大、更好的意外收获。

我没办法充分理解这个词语的真谛。只是觉得，这个

"舍与得"应该是一种精神，是一种领悟，一种境界。"舍与得"，与人生、与生活、与行动，都应该上升到一种哲学或一种艺术的高度来理解。"舍与得"本身就是一个矛盾体的存在，时时刻刻都会出现在你的生活中。我们在生活中也要学会寻找这种境界的平衡。

建芳家稻场上的大鹅又在嘎嘎地叫了，两只大黄狗也在树荫下面吐着长舌。

建芳在背后用脚轻轻踢了我一脚，问我青天白日里想什么呢，不挖鞭笋？当她惊讶地发现滢妹子收获不少而我却一个也没有挖到时，立马将她挖到的鞭笋倒在我的篮里。

她倒鞭笋的动作与她的问话几乎是同时的，我脸都没扭就脱口说了个词："舍得！"

"舍得，当然舍得啊！就这点鞭笋算什么，自家竹园里的东西，挖了还会长的。再说了，两位姐姐能到我家里来，我高兴还来不及呢！乡下的东西不值钱的。"建芳一边擦着脸上的汗，一边说。

我没有正面解释一下什么，只是从那个竹篮里抓了一把白白胖胖的鞭笋出来，对她说："一碗鞭笋毛豆咸菜汤，一盘鞭笋炒肉片，足够了，吊吊鲜头足矣！"

包粽子

粽子南北都有，只是包法不同，形状不同，里面的馅料也不同罢了，但包裹时用的糯米大多是相同的。南方人叫糯米，北方人有叫江米的，也有叫黏米的。起初以为是不同的米，许多年以后才知道，都是糯米，只是叫法不同而已。糯米软软糯糯的，煮熟了用筷子一夹，会拖出长长的丝来。而用早稻米、籼稻米、晚粳米就不行，包的粽子成不了形，容易散。

在江南水乡，除店里卖的以外，一般人家需要包粽子的日子主要只有两个：一个是清明，另一个就是端午了。

在我的记忆当中，一般在清明期间包的粽子大多数是素馅的居多。如：豆沙的、赤豆的、红枣的、蜜枣的、莲蓉的。还有的人家干脆什么都不放，就用纯白糯米来包，吃的时候蘸白糖或红糖。我不爱吃甜食，但看那些爱吃甜食的人享受的样子，那绝对是人间美味了。

除此之外，我还吃到过一次梅干菜馅的粽子，也十分鲜香。那里面虽说是梅干菜的，属素馅，但那个梅干菜是事先用肥猪肉蒸过的，油油的透着梅干菜特有的鲜香。

包豆沙粽的时候是一定要在豆沙里面放一块猪板油的，濮院人叫猪油夹沙粽，甜香可口。至于赤豆粽就简单了，只是把糯米与赤小豆混合在一起包起来，吃时蘸白糖就行。我一般不吃赤豆粽子的，因为小时候夏天我们要是被蚊子咬了，并且满腿都是包，大多人就会惊呼："咿呀！你这条腿呐哈（怎么）

像赤豆粽子啦！"所以，我一看到赤豆粽子心里就会有反应。当然，爱吃赤豆粽子的人会爱得跟什么似的呢。

而端午节的包粽子就要隆重得多，也大多是荤的，大肉馅的。那天我在微信上刷到一个视频，好像是北方的一个什么地方，他们也在包粽子，但他们是用竹叶包的。竹叶这么小能包住粽子吗？也许是笋壳吧！叶子好像有点黄，还有点硬硬的感觉。反正不是我们平常用的箬竹叶那么修长，那么柔软，那么灵秀。

视频里的粽子下锅了，长长的，有点硕大。不像我们江南水乡的箬叶粽，透着灵气。好在视频的主人自己也说了"有点粗鲁"。看到这儿，我想起爸爸常说的一句话："好吃就行，管他呢！"爸爸每次做食物做失败了，都会自我解嘲一下的。

江南的端午节往往总是在黄梅雨滴滴答答、淅淅沥沥的季节。窗外细雨簌簌，廊檐下，一盆洗净了的碧绿且水灵的箬竹叶，缠绕粽子用的红棉线，一大盆早已用盐、生抽、黄酒、味精、少许白糖腌透了的糯米。每当这时，我就会想起现下网络非常流行的那首《从前慢》。一边哼歌，一边缠绕手上的粽子，也算十分应景的。

女人用手灵巧地将箬叶在叶尖三分之一的地方绾成一个漏斗，抓米，放肉，再在上面覆上一层米。左手五指窝拢，盖上后三分之一的箬叶部分，缠线。然后滴溜一转，藏好线头，放在一边的钢筋锅里。缠线是无需用很大劲的，但松紧程度的拿捏十分重要。一般生手都会把它缠得死死的，生怕里面的米漏出来。其实不然，缠得太紧，反倒是在蒸煮的时候，糯米膨胀会撑破箬叶，粽子没有了卖相。如果你把粽子裹得太紧，老师傅们一看你就是个裹粽子新手。她们往往会善意地告诉你："松点好哩，又不是捆贼捆强盗呢！跑不了的！"

妈妈是河南人，不会包江南的粽子，但为了让我们也能像所有的邻居那样在端午节里能吃到好吃的粽子，一开始，总是会央求一个叫"宁波阿姨"的漂亮邻居来帮我们包一些。因为妈妈很看重这个"五月节"的。

"宁波阿姨"姓什么我已经不记得了，只记得"宁波阿姨"身材很是修长，皮肤很白。

"宁波阿姨"给我们家包粽子时，是将那些准备好的食材放在两个木桶里的，一个放在脚的左边，另一个放在脚的右边。从左边桶里拿起一张箬叶，从右边抓起一把米。动作十分娴熟，神态也十分优雅。

"宁波阿姨"包粽子时候有没有唱歌我不记得了，但"宁波阿姨"包粽子时，手很修长，很白皙，这点我的印象十分深刻。

每次给我们包粽子，汗水都会从"宁波阿姨"的鼻子两侧留下来。每当这个时候，妈妈就会拿着那把大芭蕉扇在身后给"宁波阿姨"扇风。嘴里还会不停地说："辛苦！辛苦！"妈妈一边说，还会一边催促我给"宁波阿姨"打下手，或跟着她学学怎么包。

"宁波阿姨"包粽子的手法跟所有江南人的包法是一样的。除了常见的四角粽以外，她还会变戏法一样，包出一个角尖尖的三角粽。她会用宁波话说："这只是小脚粽。"每当这时，我不禁联想到旧时女人们裹成的小脚，更愿意称这只漂亮的粽子为"小角粽子"。每当我看见这个如等腰三角形一样的粽子那特别长特别纤细的长角时，我就会想到样板戏里旋转的芭蕾脚。但最让我喜欢的是，在她将要全部包完了以后，她会用她那双十分白皙修长的手指在木盆的四周仔仔细细将米包进一张小箬叶里，包成一个小小的迷你粽。吃的时候也一口就能吃掉，"宁波阿姨"称它为"一口粽"。虽然没有馅，没有料的，但往往在出锅时，就成了我们几个孩子争抢的对象。

在以后的许多日子里，妈妈还是没有学会包粽子。只是在粽子煮熟开锅的第一时间里，让我给"宁波阿姨"送上几个外，还会让我顺带几个她蒸的十分拿得出手的白面馒头。

几年以后，邻居"宁波阿姨"一家搬走后，我家也搬离了那个地方。但端午包粽子过"五月节"，还是妈妈十分看重的事情。

不知从什么时候开始，我们家包粽子的活，似乎就落在了我的肩上。我自然是十分愿意的，并且乐此不疲。

本着"没吃过猪肉，还没见过猪跑"的心态，凭着给"宁波阿姨"打过下手的经验，我竟然一本正经地自己包起粽子来。

又是端午了，父母也早已离我们远去。但包粽子这个形式似乎成了这个节日的重头戏，至少我们家里是。

现在粽子已经变成一种非常普通的小吃，也不一定非要等到节假日，只要你想吃，可以是任何时候，随时随地。

随着时间的推移，我越来越觉得，吃不吃粽子已经不那么重要了，而是一种文化的传承，一种生活的念想。

哦，今年女儿社区里也邀请我去参加裹粽子的活动了。我也对那些初试身手的小年轻说了些裹粽子的要点，还关照她们不要把粽子裹得太紧——不是"捆贼骨头捆强盗"啊！

第
四
辑

当一次马路交警，挺好！

　　春和景明的天气，是适合外出踏青游春的好日子。

　　路边大树小树开始萌出细芽，我的心也开始萌动起来了。于是，就呼朋唤友，开始计划一次赏春游玩。

　　不用到远方去！现在我们的桐乡是风雅的，到处都会呈现出诗一般的美好景色。尤其是在手机上，只要您翻看朋友圈，晒出的各种各样美丽乡村建设奇景，都想让我去走一走，去看一看。

　　好，就决定来一次梧桐大地乡村游吧。

　　选一个风和日丽的日子，我们十人结伴而行，前往被微信朋友圈刷爆了的屠甸镇汇丰村康馨文化园。

　　想着被大家去疯了的新景点，一定会人流如织。出发前，伙伴们还特地做了一个出行攻略。为避开游玩高峰，我们选择了下午出行。

　　根据导航，很快将要接近目的地了。兴奋的心情难以言表，我们戏称自己是小学生踏青春游了。

　　我们的车缓缓绕过高铁大桥墩时，导航系统显示，离目的地只有六七分钟的路程了。

　　车窗外的春景让我们心旷神怡。看，一大片一大片的油菜花田；看，一骨朵一骨朵海棠花的盛开；还看，一路上呼朋唤友、结伴而行的踏青人。抑不住心情时，都有想写诗的冲动了。

忽然，开车的同伴踩了一下刹车："完，攻略白做，依然这么多人，看堵的！"

看他直摇头的样子，我把头扭向车窗外。在拐弯的三岔路口，一个穿西装的工作人员正站在路边，耐心指挥车辆避开主路，往小路上分流。并且他不厌其烦地反反复复地说着同一句话："往桐乡、嘉兴方向都可以走这条小路的，一直往东，通的！"

车一直堵在那里，比蜗牛爬行着实快不到哪里去。坐在后排的我，忍不住又把头伸出窗外观看情况：天哪！天哪！下午人还那么多！

这时，那个指挥交通的工作人员走过来轻轻地拍了一下我们的车窗："师傅，请您把方向盘靠右打一点，让对向的车辆可以通过。"

在我听他说话时，发现他的声音有点嘶哑。再看他的脸，灰蒙蒙的，嘴角边还有一片稍稍翘起的皮。我想，他可能已经站在这里的时间很久了吧！

在工作人员的协调指挥下，车辆行进速度似乎有所改善。正当我们一车人议论——如此多人前来观景康馨园，那一定是一个值得去的好地方，风景一定很不错的时候，前方似乎又被堵了，我还是将头探出了车窗外，但大车、小车、行人如织的场景，实在让人看不清前方是什么情况！

不能就这么干等吧！已经是下午一点半了，再晚就要夕阳西下了。

我看了看手机导航系统显示的那六七分钟路程指示，咫尺之遥，却如长龙一样一眼望不到边！

征求了驾驶员同伴的意见，决定下车看看情况。我把手机、包包等都放在车里，一个人轻装上阵。

穿过一辆又一辆被堵的车，向前奔跑了两三百米后，终于看见了堵车的源头。

这是一条新修的乡村道路，只够对向两辆车的相向而行。而这时，又从边上新村里横穿出一辆电瓶三轮车。相向而行的汽车与新村里出来的电瓶三轮车，在本就不宽的马路上挤成了一个三角，像楔子一样顶在那里，谁都动弹不了。

我仔细观察了下地形后，分别安抚了一下三位驾驶员的情绪，先让开三轮车的老伯退后一点。

老伯对我吼道："我没退处！"

确实，老伯的后面也已经被驶来的车堵得严严实实。我又往前跑了一段路，侦查了一下情况。返回来对三个驾驶员说："现在听我的，听清楚了！待会儿这个地方但凡有一丁点空隙，都不要挤上来，让这位老伯先走，这样我们都有前进的可能。"

我先让那些出景点的驾驶员一个一个都往后退一点，退出一个足够让老伯横穿到对面小区的路来。路让出来了，老伯顺利地驶到了对面。我回过头来，想要指挥汽车通过时，发现那些汽车都静静地等在原地，等待我的指挥，没有一个加塞抢道的。我心里突然涌现出一句赞叹："现在的市民素质真高！"

站在马路中间，也学着那个穿西装的工作人员，让进出景区的车辆都尽量靠两边行驶一下，还不时地招呼车辆穿插小区道路绕道而行。

正当我指挥着车辆有序行进时，一个声音从一辆车里喊出来："我驾驶技术很烂的，太靠边行驶不行的。"我用一个非专业的手势让相反方向的车暂时停下来，上前询问情况，是一个熟悉的面孔。我向她自嘲道："当一会儿交警！"没想到，她竟然对我竖了竖大拇指。

趁着被她表扬的劲头，我指挥交通的手势显然扬得很自然。

道路终于畅通了，我立在路边，等我乘坐的车辆到来。忽然，眼前有一长队的村民从我面前经过。他们手里都拿着一个类似于书包的袋子，像是放学回来的小学生，抑或上完自修课的大学生。

猛一回头，一幢气派的建筑物上几个大字苍劲有力：汇丰村村民学院。

是啊！在一切从善向上的今天，当文明人，做文明事，提高自身素养是多么重要啊！

六分钟的路程用了整整一个小时，车到汇丰村康馨园景区已是将近下午两点多钟了。但听到路人不时地说"喏，全靠那人当交警，不然真不知道要堵到什么时候"时，我的心就像天空中翻飞的风筝一样飞翔起来。

康馨园里的风景是美的，我在整个游园过程中的心情也是美的。我用美好的心情带动起了江南整个春天的美丽。

做一件小事，做一点好事，把自己当成一颗文明乡风的种子，其实真不难。这样，既帮助大家，与人方便，也可以愉悦自己，更可以赠人玫瑰，手留余香。挺好！

当一次马路交警，真的挺好！

本命年那些事

我过个生日不容易。也不是我不知道自己的生辰八字是什么，而是我出生的日子实在是比较特殊。

母亲告诉我，我出生的那年是个闰七月，而我出生是在闰七月那年的后七月。在我开始记事时，母亲就一直自责，我要是不去逞强干那些活儿就好了，就不会摔那一跤；就不会早产，就不会让你浑身绕满脐带地出来。

听母亲诉说我的出生过程有点儿恐怖，说是她在干活儿的时候摔了一跤，使我在她怀孕七个月的时候就降生到了人间。我出生后，几天眼睛都没有睁开过，体重也只有老秤的三斤七两，按新秤来算不到三斤半，换算成克：不到一千七百五十克。这种情况搁现在，也不算什么，医学的发达，可以将婴儿放保温箱等各种医疗措施。可我偏偏出生在自然灾害的饥饿年代。为了好养活，母亲又将我的满月日子延长了一天。所以，当我长大后，要是顶撞了她，母亲就会哭着对我说："我三斤七两把你养大的呀！你就这么气我呀！"

是的，母亲把我养大不容易，但我要想过个准确日子的生日也不容易。首先，我的出生在闰月里，而且是闰的后月。有人说要十九年才能碰到一次，也有人说要三十八年才能碰到一次。不管怎么说，反正在我从小到大的日子里，几乎都没有碰到过这样的准确日子。再有，母亲为了我能好养活，找算卦的一算，就将我的生日往后移了一天。

所以，当我小时候手里拿着那个过生日的煮鸡蛋时，母亲就会说："其实你应该是昨天生日的，为了好养活啊！"

　　再到后来，第一代身份证开始登记了。也不知道是谁帮我填写的日期，比我在万年历上查到当年的出生日期又提早了一个月。这样一来，我就有一年中最早的身份证生日；母亲给我多一天满月定下的生日；自己查万年历上那天出生的生日。但，按照哪个日子过生日都不是我想要的那个闰七月的后七月的准确日子。因此，就给家里人造成了永远记不住我生日的状况。

　　记不住就记不住呗，记得住就过一个，记不住就按我母亲给我定的或自己查找的日子过一下。忘了也无所谓。但有一点，身份证上的日子除了移动公司会在手机上提示一下外，一般我是忽略不计的。

　　前不久在填写一份自己的个人资料时，忽然想到了今年就是自己的本命年。生日不管有多么不准确，但今年是本命年，这是无疑的，得好好善待一下自己。

　　江南水乡的人一般过大的日子，基本上都是在正月里完成的。如：中年以上过岁数里的"九"，亲戚朋友会在正月里给他送肉、面、糖、糕、鸡蛋等，祝愿他在这个特殊的一年里平平安安，顺顺利利的。去年，弟弟、弟媳也给我来了这么一下子。

　　腊月二十六七了，外孙女悠悠早就开始数过年的年俗歌了。我忙完了手头的事情，就开始着手置办年货了。

　　今年的年货必须要置办的丰盛一点，今年是我的本命年，来往的客人一定会多。所以，我开着车冒着雨，一趟一趟地往家里搬东西。二十八那天，我开始煮东西，预备年三十祭祀的物件儿，也盼着女儿能回来帮我一下。

女儿天天在社区里忙，她带回来的消息说，她们有可能过年也不能休息，武汉发生了疫情，情况十分紧急。在煮年货的间隙，我也打开家里的电视机，观察动向。

腊月二十九，已经开始号召大家不要出门了；年三十，新闻里报道里的第一批援助武汉的医护人员出发了。我的心开始紧张起来。

年初一的一大早，我就听见楼梯咚咚响，女儿接到命令到社区执勤去了。我有点儿想哭，马上拿起手机给女儿发了条微信："穿上红色的内衣裤了吗？"女儿和我一样，鼠年也是她的本命年。

新年伊始，也是一切开始停摆的日子。家里听见的只有女儿咚咚咚上下楼梯的匆匆脚步声和电视机里播放的各种关于抗疫的场面。

女儿偶尔也回来，讲得最多的是：口罩紧缺；防护服没有；小区封闭后食物的供应；还有，她和同事们在寒冷的夜里蹲守外来车辆的事情。

我开始心疼女儿和在外坚守的一线的人们，偶尔也会来点小私心，问女儿可不可以找时间小寐一会儿；不要憨呆地一直往前冲等。但这些都是徒劳的，因为我看见她每次出去的时候，左胸前都工工整整地佩戴着鲜红的党徽。

疫情似乎越来越严峻，各个岗位上的抗疫英雄也英勇豪迈。看着女儿紧张的工作，作为有着几十年医疗经验已经退了休的老公说："我虽然是一个民主党派的党员，但如果国家需要我们这样的退休人员上前线，我肯定去。"

家里的气氛也感染了读小学三年级的外孙女。她用自己善于绘画的技能，画钟南山，画李兰娟，画许许多多的医护人员，在四个大苹果上认认真真篆刻上"武汉加油"四个字，还意气风发地问我："抗疫要不要少先队员？"

我只能摸着她的头告诉她："只有宅在家不出去，不给社会添乱，不给国家添堵，就是对抗疫做出的最大贡献。"

我在保证她上好网课的同时，开始引导她学着抖音里的方法和面粉，搅奶油，打鸡蛋。蒸完馒头蒸包子；炸完油条炸虾片；做完蛋糕做比萨。总之，那时宅在家里微信上能学做的我们都做了一遍，有成功的也有失败的。

宅在家里的那些日子，没有了我期待着的本命年正月里亲戚朋友的人来客往、热闹非凡。

我开始写诗，写一些小故事、小文章。讴歌我们的抗疫英雄，讴歌我们党的正确领导，讴歌那些像女儿那样奋战在一线的普通工作人员。

我鄙视那些网络上的嘈杂声音，鄙视那些吃着亲人饭砸了亲人碗的小丑。

我也想给小区门口那些日夜值班的安保人员送去一锅热汤面，或去一些路口卡点当一回志愿者，分担一下他们的工作。可还是那句话，按照防疫要求，大家尽量少出门，少出门就是对社会最大的贡献。

六十一甲子，本命年里虽然没有很俗套地吃吃喝喝，但最让我刻骨铭心的是我们伟大的党，伟大的祖国经受住了严峻的考验。虽然艰难困苦，危险重重，但值得我们铭记！祖国值得我们热爱！值得我们每个中华儿女骄傲！

关于孩子的教育问题

写出这几个字，就觉得题目有点大。我不是教育工作者，也不是一个教育问题研究者，所以这个题目不适合我写。但是，对于这个问题，感觉还是有许多话要说。

孩子从一出生，就应该是有思维能力存在的，他们只是表述的方式不同而已。不然怎么解释他们的哭，他们的笑，他们的咿咿呀呀？

早年间，我学过一点幼儿心理学，婴幼儿的心理活动，完全可以在生活实践中一一对应起来。

女儿出生时，与我对视的第一眼是在几个小时以后了。而外孙女出生后不到半个小时，我就看见对着我微笑的一张脸。这不是我感觉到，是我实实在在看见的。

刚离开母体的小丫头被放在产科床上。当我走近她身旁，侧着身子我就看见她微微睁开一只眼睛对我笑了笑。那一刻，我的心就噔地一下，觉得与这个小丫头有缘。小丫头来到世上的第一件事，就是向我打招呼呢。

结合我书本上学来的知识确认，孩子不是什么也不懂，他作为一个个体来到世上，是有自己的思维方式的。

所以，在以后与孩子相处的日子里，我时时刻刻都把她当成一个有思维的独立人。不足百日，还没开荤，我就会把馒头、米饭等一些食物拿到她的面前让她闻闻，告诉她：这是"馒头"，这是"米饭"，让她知道粮食的气味。还不允许家人在孩子面前讲粗话、脏话；不允许把不良情绪发泄在孩子面前；也不允许大人在孩子面前评论这个东西好吃，那个东西不好吃。我始终认为，孩子的思维方式是先入为主的，就像一张白纸，你在上面描画什么，就会呈现出什么样的图案。

孙女三个多月大时，我会找一些我认为比较高雅的音乐来给她听；哄她睡觉时，尽量哼一些轻松的小曲，让她安静入睡。

说来也奇怪，我给她播放的所有音乐中，只有当她听见越剧的曲调时，她的小嘴才会一张一合地发出声音，似乎要跟着唱起来一样。我想，她在慢慢长大过程中十分喜欢看中央戏剧频道，在上幼儿园大班时，非得向大人要求学唱越剧，也许与这有关。

孩子的教育问题是一个浩大的系统工程。一点一滴，方方面面都马虎不得。金无足赤，人也无完人，每个人都是。或多或少都存在着自己的或缺。但是，只要我们做到尽量尊重孩子，就能引导他们拥有积极向上的人生态度。

说到尽量，不是一味地娇纵孩子，而是尽自己的力量来为孩子创造有利于成长的健康环境。如天意不可违，那我们就做减法，把影响或伤害减少到最小化。

我在读幼儿心理学的时候，我的老师就着重强调过"尊重孩子"这几个字，她真的是用粉笔在黑板上粗粗地画了三条杠杠，又重重地敲了敲黑板。所以，我认为，不管孩子多大，在碰到问题时，我们首先要做到尊重他的意愿，然后再用自己正确的世界观帮他们捋清是非曲直，利害关系。那时候的老师要求我们在跟孩子进行沟通时，尽量俯下身子，对于幼儿，必须蹲下来与他们说话。因为大人站着时与孩子交流的目光是不对等的。孩子看大人，是仰视。在他眼里，你是巨大的，会有一

种恃强凌弱的感觉。所以，为表示你对孩子的尊重，你必须放低姿态，以示平等。

对孩子的尊重还可以显示在孩子对事物的判断与选择上。当孩子提出自己的要求与见解时，作为他的身边人，要迅速地知道孩子的愿望所在，如在合理范围内，要积极鼓励孩子实施这个目标，并帮他们顺利完成，让孩子有成就感和获得感。

对孩子的尊重，还可以让他们迅速成长，较早地成为一个个性独立的人。

孩子来到这个大千世界，家长就是他们最好的引路人。所以，家长有责任引导孩子学会正确的生活学习方式，让健康的理念、快乐的情感时刻围绕着他们，让孩子学会取舍，知道怎么样准确地判断自己的所知所需。

每个家长都希望自己的孩子出类拔萃、成龙成凤。这些期许早在孕育时就寄予厚望。我早年间有一个同事姓金，刚一怀孕，一些人就热心地为她肚子里的孩子取名字，说如是男孩就叫"金龙"，女孩就叫"金凤"。而我那个同事也豪横，男孩一出生就把三个金叠在一起了，取名"鑫"。

因此，一些家长还没等孩子长成呢，才五六岁就急着帮孩子规划好了以后人生的线路图。还美其名曰：不能输在起跑线上。各种的培训班、辅导班将孩子的孩童生活塞得满满的。

我想，这些家长本身就是充满矛盾的。一边让自己的孩子上种类繁多的补习班、培训班，学许多不是孩子意愿的技能；一边又在各种自媒体上撰写自己小时候可以疯玩，晒自己从前一切随心的无忧无虑。

孩子自己是有思维的，只是不能抗衡大人于左右。当他们厌烦或抗拒自己所不想做的事情时，唯一的办法就是哭和闹。这个时候，大人就应该耐下心来与孩子沟通，让孩子的学习由被动变为主动。或者选择放弃，也许可以成为下一个成功的起点。

外孙女刚满五岁，长得手长脚长的，女儿就决定送她参加一个中国舞培训班。我在教室外的等待过程中，发现舞蹈并不适合她。小丫头虽然身材修长匀称，但她并没有舞者的那种范儿和灵性。压腿，弯腰，劈叉，虽然也能做到，但总觉得不是那么一回事。渐渐地，她发现了自己并不喜欢舞蹈。后来，她大着胆子对她的舞蹈老师说："我跳舞是不行的。"在这种情况下，我和女儿商量了一下，我俩决定尊重孩子，选择放弃。

家长对孩子的培养是始终不会放弃的，一代一代地相传。过了没有多久，女儿发现孩子在床沿上模仿弹钢琴，就觉得孩子有音乐天赋。于是就开始张罗着买钢琴，老公也跟着起哄。没多久，一架钢琴就摆在家里的客厅了。接下来的日子，又开始重复拜师，开车接送孩子，催孩子日常练琴。练得好时发朋友圈得到许多点赞；练得不好时，在家里吼孩子、批评孩子，家长的斥责声、孩子的哭声乱成一团。嗨！我真不知道，培养孩子的初衷是什么？说钢琴家郎朗的练琴时间每天不少于八小时，他爸爸还每天监督着。想想，你的孩子也不是郎朗啊！自然，在孩子不愿意主动的情况下，我们还是选择尊重她。让孩子自己跟她的钢琴老师说明情况，自己把这个事情给处理好。

回望孩子的成长历程，我发现兴趣才是孩子最好的老师。我们培养孩子的兴趣爱好，不能急于求成，不能抱着一定要让孩子成名成家的心态。我的孩子输在起跑线上怎么啦？只要她能健康快乐地成长起来，以她自己的能力回报社会即可。耸立的大树与葡匐的小草一样，只是成长方式不同而已。

经过一段时间的摸索，我发现尊重孩子，正确地引导孩子，是会在孩子的教育问题、成长道路上起到很大作用的。

外孙女不愿意练舞蹈，也放弃了弹钢琴。但，对学习中国传统水墨画、越剧舞台表演却情有独钟。每个星期的辅导课总是高高兴兴去，快快乐乐回，即使是身体不舒服，或有其他事情羁绊，她也会合理安排好该学的课程。现在，她又对篆刻艺术十分感兴趣，每当她做完学校老师布置的家庭作业，一个人坐在书桌旁，又画又刻，嘴里还不时地哼着喜欢的越剧曲调时，我就觉得孩子的世界是松泛的、美好的。最起码，她可以沉浸在自己的快乐中。

　　一家之言，自己的经验感受。

孩子的脚步，我的眼神

　　四月的第一个星期刚过，从市里的各大媒体平台上传来孩子可以分批错峰开学的消息。我的第一反应就是，神兽可以归笼了！我可以自由了！于是，我马上把这个消息告诉了外孙女悠悠。

　　小姑娘听到这个消息后，激动得蹦跳了起来，随后立马转身，把早已准备好的书包又检查了一遍，最后，还把红领巾、担任少先队中队长的两条杠的标志及帮助老师管理班级的胸牌统统地挂在了书包背带上。总之，只要是上学要用到的一切东西，她又都将它们捋了一遍。

　　是啊！这个假期实在是太长了。从元月的七号期末大考完毕回到家里，一转眼，春暖花开的时节都将要过去了。

　　市教育局开学的通知与链接在每个相关与不相关的人的手机上来回地转发着，学校教育集团的通知与班主任老师 @ 所有人的信息也不断地在短信与微信群里发来。我看不见微信群里家长们的表情，但讨论时的兴奋劲儿就像他们自己要上学一样。

　　一时间，只要你出门，碰到邻居或熟人，隔着口罩都会问一句："你家的几号开学呀？我家的高三了，第一批，四月十三号。"

　　根据市教育局的规定，我家外孙女悠悠上学的时间是四月二十六号。从接到通知起，小丫头就眼巴巴地看着四月十三号高三、初三的大哥哥大姐姐上学；四月二十号，高一、高二，初一、初二，四至六年级的高年级同学开始进校门。

四月二十五日的晚上，一吃过晚饭，小丫头就把她的书包拎出了书房，放在餐桌边的过道上。这样，明天一早，吃过早饭后就可以直接背上书包出门去。

时间到了八点，我就催促她要早点儿睡，明天早点儿起床，因为我们抽到的分时段上学的进校门时间是七点二十分。

孩子很乖，洗漱完毕后就上床躺下了。但一个小时后，她还是没有睡着的迹象。我在她的枕边轻轻地躺下，问她："是不是睡不着啊？"外面路灯的余光下，我竟看见了小丫头眼睛里有一点儿泪光。

我摸着她的头发："有点儿小激动？"

她使劲地点了点头："太想明天快点儿到哦！不知道同学们都变得怎么样了？"

黑暗中，我笑着对她说："还能怎么样，长高了呗！长胖了呗！这一百多天整天在家吃了睡，睡了吃，养猪也不过如此了。"

小丫头把头偏向床里面笑了起来。

"睡吧，睡足了才好有精神上学，要不然明天变成熊猫眼，同学们认不出来就糟糕了。"

虽然我反复地要求悠悠早点儿睡觉，但从她故意绷直的双脚上可以看出她是努力装的。

第二天一大早，小丫头就醒了。等我在厨房做完早餐时，她已经洗漱完毕，坐在餐桌边上等着我给她梳头扎辫子了。

吃完早饭，悠悠又检查了一遍上学必须戴的口罩、消毒湿巾、消毒洗手液等一切防疫物品后，就催促我可以开车送她到学校了。

出发前，她和家里其他准备上班的、奋战在抗疫一线的家人兴奋地打了一下招呼，就候在了车门旁。

因为整个三年级是要分几批进校门的，而我们抽到的是七点二十分。所以，开车也要掐着点来。早到了，必须在车里等一会儿，让前面的班级同学先进校门。但迟到就不好办了，会和后一批的同学挤在一块儿的。但这时候我相信，宅在家里已经这么长时间的一个假期，应该不会有人迟到了。果然，303班的班级微信群里，班主任老师已经在感叹，有一个男同学提早一个小时就到了。

阳光很好，一路绿灯，二十分钟的路程像射出去的箭一样飞快。车刚到离学校四五百米的复兴路与环城北路交叉口，悠悠就急不可耐地想让我靠边停车，她自己跑步过去就行了。为安全起见，我没有同意。

终于在离校门口最近的地方找到了一个停车位，当我把车熄了火，想扭头喊小丫头的时候，她已经下了车。

我关车门的速度也不慢，但抬眼望去，悠悠已经到了学校大门口的广场上，以一人一米的距离排在同学们后面，等待着自己的班主任徐老师给他们量体温，核对健康码。

站在校门口，小丫头很庄重，也很严肃，特别有仪式感地背着书包等待着过关。

我的目光停留在小丫头的背后，望着她经过一个超长假期似乎长高长胖的身影，脑子里突然闪出台湾作家龙应台的两篇散文《目送》和《孩子你慢慢来》。

依稀记得两篇文章写的也是送孩子上学，哦，是她的孩子华安第一天上学的情景。

作者站在校门口，望着欢天喜地进校门孩子的背影，担心孩子第一次离开家庭，离开大人的呵护会不适应，眼中流出泪花来——而她的孩子华安却头也不回地欢快地跑向学校。

现在，我也是站在校门口，也是眼中噙着泪花。小丫头背着书包从头到尾，也是没回过一次头。

看着悠悠的背影，我担心得更多。一度肆虐的病毒会不会躲在某个角落侵害到她；反反复复叮嘱她的防疫小知识，会不会在和同学们疯玩时忘到脑后；分餐吃饭时，会不会像网络上传的那样，一个吃一个看着……我不是孩子的母亲，我只是孩子的外祖母。一场疫情，与孩子一百多天的朝夕相处，小丫头已经像肉一样长在我的心上了。

我就这样一直站在学校门口的树荫下，看悠悠排着队一关一关地过。

只见她每过一米，就会像小兔子一样往前蹦跳一下。我真想看到她此刻的脸部表情，真想再关照她几句。但我始终只能看到她来回晃悠的马尾辫和那只绿书包。

终于来到大门口的一米黄线处，只见她高高地举起右手，向班主任徐老师和其他维持秩序的老师行了一个少先队队礼，又伸过头去让徐老师用额温枪在她的额头上测温。

进校门了，小丫头按指定的进教室路线跑步前进着。

我见她通过了电子测温仪后，与一个同班的同学礼节性地打了一个点头招呼，随后消失在第一幢教学楼里。

回到家，四周空荡荡的。

泡一杯绿茶，坐在书房，继续回想刚才悠悠进校门时的一幕幕情景。而整个过程，满满的都是我家悠悠急急奔向学校的脚步和我牵挂的眼神与揪着的心。

我断定，悠悠刚才进校门绷着的姿态不会坚持太久，其他的孩子也不会坚持得太久。一节课后的课间活动中，他们就会形成一片快乐的海洋。

挑箱子田

疫情还没有过去，窗外的春天已经真实地到来了。孩子还没有开学，家人一直忙碌在抗击疫情的第一线。我在家除了带好孩子、做好家务以外，觉得没有更多的事情可做。看书吧，现代人似乎已经被电子读物所奴役；看电视吧，已追了好几部电视剧，视觉与脑子都有点儿疲疲塌塌了。

不能畅畅快快地出门，那就继续宅在家里不给社会添乱。

喂完鸟笼里的鸟后，回屋，打开电视机，弄出点声音来，刷一下自己的存在感。

打开电视机时，中央十七台正在播放一档农业节目，准确地说，是关于农业机械的节目。家里没有从事农业方面工作的人，农业机械更是离我们生活遥远得厉害。但电视镜头里的一片春色，倒是很吸引我的眼球。

电视节目以东北的黑土地为蓝本，介绍农业机械在农业生产中、在广袤的土地上如何大显身手。如翻耕土地的机械化、播种的机械化、插秧的机械化、施肥的机械化、收割的机械化等，机械化在农村的生产中似乎无所不能了。特别是看到镜头中，河南的一对小年轻，麦田植保竟然用了无人机；东北的播种机械里竟然是无人驾驶，人只需要在一旁点击电脑即可。

镜头在一幕幕地推进，我的思维也在一缕缕地飘浮。我想起了当年下乡当知青时的生产劳动——挑箱子田。

桐乡地处浙北江南平原，多水，无山，田野一望无际。

但在二十世纪七八十年代前，桐乡农村的水田可不是这么平整的。水田里、旱地里有着许多突兀的大高墩。那些大高墩什么时候存在的，是怎么形成的，谁也说不清楚。冬天，农闲的时候，生产队里大多会安排社员们挑土，平整土地。俗话叫挑箱子田。在挑箱子田的时候，会从大高墩里挖出许多陶罐瓦砾、烂木头等一些东西，甚至还有说挖出过银洋钿来的。

　　二十世纪七十年代末，刚高中毕业的我响应国家号召，来到了离家二十来里地的濮院农村插队落户，当了一名下乡知识青年。

　　刚到生产队的第二天，村小队的生产队长安排我们的活儿就是平整土地，挑箱子田。

　　生产队队长开始分工。身强力壮的男人挖土、装簸箕。其他人依次排队，将挖下来的土块挑到低洼的地方去。我也分到了一根扁担与一副竹簸箕。

　　社员们不分男女，都干劲十足。挖土的壮汉一钉耙下去，"嗨"地大喊一声，硕大的褐色土块就被稳稳地放进土簸箕里，一下一块，干净利落。挑土的也不示弱，任你有多大的土块，弯下腰，肩膀往扁担下一斜，喊一声"嘿嗨"，挑起来就走。当然，我也不能被人小看了。

　　轮到我的时候，挖土的壮汉举起四齿钉耙的手明显要低很多，只是用手在已经松了的土堆上面扒拉了一点土进去。

　　我学着社员们的模样，往那个倒土的地方走去，也想健步如飞起来。

　　刚走几步可以，之后我的姿势就开始东倒西歪起来。背也驼了，腰也弯了，肩也斜向了一边。噗的一声，后面土簸箕里的土块掉了出来，扁担往前一甩，我的脚踩到前面的土簸箕里了，引得比我大一岁的小姐姐连忙跑过来帮我。

第二天，我忍着浑身的疼痛继续跟着社员们出工。出工前，小队长为了鼓励社员们的干劲，提高劳动效率，提出来今天的挑箱子田实行包干制，早挑完自己的早回家。听到这里，社员们高兴得跳了起来，一边跳，一边还学着苏联电影《列宁在一九一八》里的台词，"乌拉！乌拉！"地喊了起来。

自然，我也分到了一小块土方。抬眼望去，我分到的那块土方与社员们的比起来可真是小多了，真不算什么。

社员们在一起挑箱子田是可以家人合作的。可以是夫妻，可以是父子，可以是兄弟姐妹，也可以是恋人。而我就不同了，只能一个人挖，然后自己挑。

不管怎样，我得自己完成。出门的时候，父亲就对我说过："在农村好好表现，争取做个农业学大寨的典型，这样你就可以早点儿回来了。"

不到下午三点钟，社员们就将自己的挑土方任务完成了。虽然他们也过来帮过我一会儿，但各自家里都要去割草、喂猪、喂羊的，没有多大一会儿，整个空旷的田野里就剩下我一个人了。

社员们都走了，工地上除了凛冽的寒风吹过，再有的就是乌鸦掠过头顶的"哇哇"声。我有些害怕。

冬天的天黑得真早，才过五点多钟就已经看不清远处大水渠边上早已掉光叶子的大柳树了。我紧了紧头上裹着的大红色围巾，举起四齿钉耙向空中抢去，忽然觉得手上捏了一把水。打开一看，是一个紫血泡破了。低头，用手帕包扎一下，又觉得肩膀上火辣辣的。不用说，肩膀也磨破了。

夜幕像一床黑棉被一样向我罩来，我不知道我眼前的土方什么时候能够完成，什么时候能回到我那知青小屋。

我蹲下，把头埋在大腿上哭了起来。

远处有紧赶慢赶的脚步声，不能让人家看出我的懦弱来。我低着头，连忙举起四齿钉耙。

钉耙在空中被一只大手给抓住了，是我的父亲。父亲看到我在风中瑟瑟的狼狈样，也没有多说话，把一个四节手电筒递给我给他照亮，接过四齿钉耙就干了起来。

对于下乡当知青这件事，我是有点儿恨父亲的，就在那天我临出家门也没和他多说话。我不求他给我安排个好工作，就像同学们一样，在城里找个临时工先干着也行，亏他还是一家单位的干部。上台表决心，私下里还和我说在乡下表现好，可以早回的。

我把父亲递过来的手电筒夹在两腿之间，把头埋在大腿上，默不作声地委屈着。

过了好大一会儿，父亲走到我的身边，拉着我的手让我跟他回知青点。

我再不说话，但还是想和父亲一起吃一顿饭的。毕竟，我从懂事开始就没有离开过他。

父亲在那个刚打好的柴火灶上麻利地将饭烧好了。我让他吃饭，他竟然说："我回去吃吧。给你多烧点儿，天冷，不会坏的。明天你就可以节省一点儿时间了。"说完，父亲拿起手电筒就要往外面走。

我低着头还是不说话，但坚持要送父亲到大水渠边。父亲急了，怕天太晚我回知青点不安全。哦，顺便说一下，这个知青点现在就我一个人，几个年纪大一点儿的哥哥姐姐都考上中专，或被抽调去其他地方了。

父亲往前走一步，我也往前跟一步。父亲真急了，捡起地上的土坷垃来扔我。还大声对我说："回去，明天早点起来，早点出工，好好表现，争取当一个标兵！"

那支四节手电筒光一会儿朝前，一会儿朝后地消失在夜幕中。我知道父亲是四点半下班以后，步行将近两个小时到我这里的。他一定是不放心我了，虽然我插队的地方离家不过十几里路，没有我在家的日子里，他和母亲一定是没有吃好、没有睡好的。

　　回到知青点的小房子里，我想象父亲是怎样走在狭窄的小路上的，没有路灯，还有一座独木桥，还有许多的野狗乱窜在漆黑的夜里。

　　电视里的节目还在继续。满目葱绿的田野上，机器撒欢儿似的奔跑着。我在想，如果我们在挑箱子田的时候有一台挖掘机，就我那一点土方，不就是两抓斗的事儿吗？

　　外孙女悠悠开始在平板电脑上上网课了。我走过去用手摸了摸她垂在脑后的小辫子："好好学习，更多的科学知识等待着你们去发掘呢。"

读亚洲老师的《空中飘来报价声》有感

　　江南雨多、水多，总让人联想到一个词：水灵灵。可今年黄梅天的雨，下得却有点儿肆无忌惮了。断断续续已经十几二十天的阴雨、暴雨，不但把院子里的黄瓜架给压塌了，就连院门口、过道上，雨水积的坑洼到处都是。屋子里也潮潮的、黏黏的。空气还仿佛被凝固了一样，闷热难当，实在让人透不过气来，一天到晚都有一种不爽的感觉。

　　这不，今天一大早，家里人又是在暴雨敲击空调外机的"答答答"声中醒来的。没办法，只能时不时地打开空调，让家里保持干爽一点。

　　打开空调，泡一杯绿茶，从书架上取一本书，听窗外雨点滴答落下的声音，寻找一种良好的阅读氛围。

　　今天从书架上取下来读的书，是著名作家黄亚洲老师的散文集《空中声音》。

　　这本书是去年冬天与石门镇党委书记姚先生一起到杭州邀请亚洲老师来石门"石湾大讲堂"讲课时，亚洲老师给我亲笔签名得到的。前一段时间，读了亚洲老师的另几部作品，而这本，我还没来得及细读。

　　我这个人好奇心特别重，即使是读书也存在着这个毛病。刚翻开书的第一页，刚读了一个开头，就想知道结尾。等结尾知道了，整个过程又会变得更加好奇，再认认真真读里面的内容。

　　书刚到手里，只看到书的题目，我的脑子也是开始飞转起来《空中声音》，我的眼前竟然出现了自己想象的许多个画面。有在高楼林立的都市里飞机排放空气的音爆；有大鸟盘旋鸣叫掠过天空的声音；有雷雨天电闪雷鸣刺穿乌云的声音；抑或矗立着的钟楼自鸣钟在静谧的蓝天下报时的声音。哎呀呀！我脑子里闪过的景物远比电影推送镜头的速度，流星划过面前的速度快多了，它们云一样地从我的脑海里飘浮出来，然后叠加在一起。

当我翻开书，读完所有的文章，才私下猜测，这本书的名字来自其中的一篇《空中飘来报价声》的文章。

《空中飘来报价声》是黄亚洲老师的散文集《空中声音》中的第一篇文章。

我认定这本散文集的书名就来自这篇文章。一篇文章的题目是可以用来作为一本书的书名的。我想，一定是作者比较看重，或感悟比较深的一篇。

于是，在空调的吹拂下，在绿茶的婀娜中，重新开始读这篇文章。

文章的一开头，亚洲老师就说："报价声是窗外空中飘来的，此时我看不见他。我用双手紧紧拽住一条毛毛糙糙的粗绳子，蹲在窗下，神情紧张，但报价声是清晰的。"

刚一看这个开头，我就坚定了这本散文集的名字是从这篇文章里来的想法。看到这儿，我的好奇心也上来了，这是在干什么呢？用绳子吊在窗外，那是在修空调外机了。下面的报价声传来，证明了我的猜想。

文章的第二自然段的一开始，亚洲老师说自己看不见那个瘦瘦的小帅哥，再次强调声音是从窗外传来的，那个小帅哥像壁虎一样贴在墙壁上。

我的脑子又开始想象了。亚洲老师家住几楼啊？那个修空调的小帅哥脚下的场景一定是车水马龙的街道，身后是一幢幢高楼大厦，蓝天很近，白云也缭绕着。

接下来是那个小帅哥告诉亚洲老师，空调的一个"控制器"坏了。看到这儿，我的心理活动是，既然毛病找到了，那就赶快修吧！省得亚洲老师与那个小帅哥都受这流火暑热之苦。那接下来几千字的内容会写什么呢？

接下来，文章写到了老师的心理活动："既想快快地将空调修好，又害怕窗外修理空调的小哥会发生什么意外。"在描写这些个心理活动时，亚洲老师想到了一个词"骨折"，还说到了一个词"痛彻心扉"。读到这儿，我不经意地用右手摸了摸左手，似乎也有点隐隐作痛。不仅这样，亚洲老师还想到了自己曾经的骨折，假设了现在如果有意外，会影响到明天的签名售书活动。

啊呀呀呀！在这儿，我真想对亚洲老师说一声：不会的，只要小心一点儿，哪有这么多意外。

是的，在接下来的文字中亚洲老师就把自己释解了一下："谁叫我是一个写剧本的呢？末了，还说不能让窗外的小帅哥知道，不然，会吓着他的。"读这一句时，我私下觉得老师有点儿佛系，还有点儿调皮的感觉在里面。

好一个天马行空的想象，修个空调也可以有情景浮现，开始佩服老师的想象力与创造力了。

接下来，文章又从虚幻的景象拉回到现实中来，还是听到了空中飘来的声音。

这次的声音开始有含金量了，实实在在的报价声。并用毋庸置疑的声音问："制冷剂一滴没有了，加不加？"

我笑着，想到：再大的作家也不一定能敌过社会上形形色色的人，老师码字是高手，修空调你就是外行。隔行如隔山，有没有文化与有没有心机那根本就是两码事。你在窗内可以天马行空地想象各种情节；他在窗外，也可以在心里盘算着让你荷包里的钱怎么到他手中的计策。换句话言之，勇猛的猎手与狡猾的狐狸其实是一种力量的对等，只是双方使用的方法不同罢了。在这里。我对窗外修空调的小帅哥没有一点儿贬义，只是打一个比方。

接下来空调修理过程也并不顺利。不停地出现状况，修理价格也不停地出现更新。最后还说，要第二天才能来修，因为少材料。我开始担心起在这个温度高得连纸都能烧起来的季节里长夜的难熬。

文章读到这儿，我反复看了看这三次的报价声，我也开始发挥想象力了。修空调的小帅哥难道不是用了一个诱敌深入的方法吧？层层加码，一次次喊价。从初期的几百元，到后来的一千七百五十元。

看到这个价格，我禁不住抬起头来看了看刚买的一个有品牌的新空调，也就两千多元。

这使我想起了自己在一些维修过程中的境遇。修电视机，人家打开机盖就收钱，说什么坏了就是什么坏了，说了你也不懂。修手机也是一样，谁叫你自己不懂不会呢？但反过来一想，你要是样样都会，什么都不求人，是不是也很恐怖？让其他的行业怎么活人？你有你的生活需求，他有他的挣钱方式。但不管怎样，做什么都要有"诚信"二字，让人消费得明明白白，清清楚楚。

但这恐怕也是我自己的美好意愿罢了。

相　亲

　　林阿姨骑电瓶车没戴头盔，眼看就要到中山公园了，又被马路上执勤的志愿者与交警拦下了。

　　林阿姨怎么解释，怎么央求都没有用。特别是那个戴红臂章的老同志，态度更是坚决。说看记录，林阿姨已经是第三次违章了，必须要接受处罚。林阿姨解释说，今天到中山公园有急事，是女儿的终身大事！那老同志铁板一块，一点儿也不讲情面。没有办法，只得推着电瓶车，学习了一会儿交通法规，认罚！

　　林阿姨到中山公园的时候，女儿已经在约定好的那张长凳上等着了。

　　女儿今年快三十了，样样都好，就是自己的终身大事一直让林阿姨头痛。从小到大一直品学兼优，是积极主动乐观向上的好孩子，读了大学读研究生，读了研究生又埋头在单位研究项目、搞科研，自己的终身大事一拖再拖。姑娘不着急，可把林阿姨急得哟！进出小区，都有点仇视那些出来溜娃的老姐妹了。好不容易说通女儿今天来相亲，没想到还碰到骑电瓶车不戴头盔被罚这档子事儿。

　　林阿姨紧赶慢赶地来到了中山公园靠门口的一个地方，找了一个角落悄悄坐下。她可不敢让女儿看见，万一让女儿看见了……林阿姨知道女儿的脾气，坐在角落里，就连出气的声音都是压了又压的，只能拿眼神时不时地朝里面瞟一眼、瞟一眼的。

正当林阿姨聚精会神地朝着女儿那个焦点望着的时候，突然，一个人影急急忙忙地从林阿姨面前一闪而过。林阿姨定神一看，这不就是拦她电瓶车的那个老同志吗？林阿姨正想上前狠狠地啐他一下，没想到，老同志跑得还挺快，径直跑向公园树林中的那张长凳。

接下来的一幕，就让林阿姨目瞪口呆了。

只见，满头大汗的那个老同志，跑到了林阿姨女儿身边，从提着的环保编织袋里拿出了一枝红玫瑰、一本杂志。女儿接过花和杂志后，一脸害羞的样子。然后，还客客气气地请老同志坐下了，俩人有说有笑。

一枝红玫瑰？一本杂志？那不是介绍人说的相亲暗号吗？难道……

林阿姨血压有点儿上升。女儿会跟这个年纪的人相亲？现在的孩子也许什么事情都敢做，不是有一句话叫"一切皆有可能"嘛！林阿姨越想越紧张，越想越觉得有必要冲上去，一探究竟。

于是，林阿姨攒足了力气，快步来到女儿的面前，不分青红皂白地夺过花和杂志，狠狠地扔在了地上，拉起女儿就要往家走。

女儿惊愕地说："妈！你这是干什么啊！我们刚见面，什么还没有谈呢！"

"想跟他谈？做梦！"

"真不明白你这是为什么？我不来相亲吧，你天天唠叨；来相亲吧……现在你又演的是哪一出啊？"

那个老同志也被这突如其来的场面弄蒙了，想上来说些什么，被林阿姨一把甩出老远。

由于用力过猛，林阿姨也一个趔趄倒在了地上。

过了好长一会儿，醒过来的林阿姨已经躺在医院里了。病床边，除了医生、护士以外，还有女儿，对，那个老同志也跟着来了。

林阿姨紧皱了一下眉头，一股邪火又直冲上脑门。

小护士收拾完一些刚才抢救时用的一些器械后，说："阿姨，睁开眼让李医生帮您查看一下眼底视网膜。"林阿姨睁开眼睛，一个年轻身材高挑的医生站到了她的床边。

李医生对林阿姨和她女儿说："没什么大的问题，病人晕倒主要是情绪波动太大的缘故。好好休息一下，应该没有什么大的问题。"

看到年轻帅气的李医生，林阿姨闭眼在心里叹了一口气："女儿不争气呀！"少顷，有一大颗的眼泪滚落下来。

看到这儿，老同志以为是自己处罚林阿姨骑电瓶车不戴头盔造成的，不时地跑前跑后向林阿姨解释。林阿姨紧闭双眼，鼻子里直喘粗气。

这时，李医生让女儿跟他到办公室去开药方，那个老同志也屁颠屁颠地跟在后面，林阿姨那个气呀！

不一会儿，女儿带着李医生来到了病房内，老同志还是跟在后面。

女儿侧下身子关心地问林阿姨好一点儿了吗？林阿姨狠狠地说了一句："让那个老头子走开！"

女儿不解地问："为什么？"

林阿姨："你缺少父爱吗？"

听到这，女儿猛然大笑了起来："我的妈呀！你可真可以啊！想象力了得啊！"

话说到这儿，李医生与老同志也都大笑了起来。

女儿拉过李医生说："妈，是他！"

"啊?!"这会儿轮到林阿姨惊愕了："那相亲的……"又对李医生说，"是你?"

李医生将老同志推到林阿姨病床前，和蔼地说："阿姨，这是老梁同志，刚从交通岗位上退了下来。闲不住，整天在社区做志愿者。我和老梁同志还有一层关系。"

林阿姨插嘴道："父子?"

"比父子更亲呢！"李医生告诉林阿姨，由于小时候家庭比较困难，是老梁同志一直资助他上完小学、上中学，直到大学毕业。为了报答老梁同志无私的大爱，大学毕业又勤工俭学读完了医学硕士。其间，老梁同志还时不时地写信鼓励他到家乡来工作，为家乡人民服务。说完，李医生对林阿姨说："这不，我就来了。"

老梁同志对林阿姨说："小伙子很优秀的。"

林阿姨激动地说："优秀的，优秀的。可……"

老梁同志看着林阿姨疑惑的表情，连忙解释道："哦，是这样的，本来今天的相亲，小李自己早早地就准备好了的。临出门了，接到医院打来的电话，说是一个抢救病人等着小李医生一起来会诊。人命关天啊！小李拿起包包就要上医院。可今天的事对他来说也十分重要。直接打姑娘电话怕引起误会，想来想去，还是让我来一趟。这不，我正在路口帮助执勤呢，接到电话，我也是飞快地到小李医生那儿，拿上花和杂志就来了。"

老梁同志又转过身来对林阿姨竖起大拇指夸道："大妹子，养了个好闺女！通情达理，有涵养！有教养！"

听到这儿，林阿姨问女儿："是这样的吗?"

老梁同志拉起小李医生与林阿姨女儿的手，一同放在了林阿姨的手上，说："错不了的！"

　　一年半载后，市区中山公园门口不但能时常看见林阿姨与老伴推着一辆婴儿车进进出出的，有时还可以看见老梁同志也会推着同一辆婴儿车出现。每当这时，林阿姨就会对路过的熟人说："孩子爷爷，我女婿的恩人，社区志愿者，去年刚从交通运输局退下来。"

插秧时节

前几天，社区徐书记打电话来问我："会不会种田插秧？"

听到电话里这么问，我一下子愣住了，并且还有点诧异，我反问道："我怎么会种田插秧呢？"我话音未落，电话那头立即反问道："你当年下过乡，当过知青，怎么就不会种田插秧啊？还以为你会呢！"并调侃道："真不知道你在乡下这两年是怎么混的！"

我耐心地向徐书记解释过我不会种田插秧的原因后，就渐渐地将我的思绪拉回了那些下乡的岁月。

那年我还没满十八岁，高中刚毕业就乘着生产队来接我的摇摇船，来到了运河边的一个叫张家湾的地方插队落户当知青。临行前，父亲当着来欢送我下乡的人和前来接我的乡亲们的面，一再嘱咐我要在农村这个广阔天地里好好锻炼锻炼。要加油干！拼命干！什么事情都干在头里。最后还酸酸地说了一句："一不怕苦，二不怕死嘛！"说得慷慨激昂的。我不知道平时话语不多的父亲今天是怎么了，看着他死死盯着我的眼睛，我没好气地怼了他一下。就在我转身踏着那块摇摇晃晃的跳板准备下到船里的时候，父亲一把拉过我，对着我的耳朵重重地说了句："好好干，可以早点儿抽回城来！"

下到乡下的第二天一大早，我就跟着生产队的社员们下地干活了。我谨记父亲的教诲，并不是为他叮嘱我的豪言壮语，而是他最后在我耳边重重的语气。

在乡下，我什么脏活儿、累活儿都是抢着干的。翻过地，挑过土方，春天在还冰冷的水里播过种，夏天参加过双抢大会战，秋天在浓霜上采过菊花，冬天和社员们一起平整土地，烧焦泥灰。更厉害的是，我还和全劳力一样挑过河泥。那时节，种田地用的基本上都是以农家肥为主。如，猪羊圈里的粪肥、冬闲时烧制的焦泥灰、河里挑的淤积河泥。说起挑河泥，那可都是壮劳力们干的活，个别健硕利落的妇女也有参与其中的。挑河泥是要那些强劳力把从船上的河泥踏着跳板小心翼翼地挑上岸，然后让体力稍微弱一点的挑到大田里。那时候的冬天，收完稻谷的大田头上，都会挖一个四四方方的大坑用来倒河泥。要倒满一个大坑也不是一船、两船河泥能做到的。我为了实现自己的积极肯干，也要求过参加挑河泥的工作。当然，是从岸上挑到大坑里的这段路。

一担河泥少说也要超过百十来斤。我人瘦个子偏小，人家挑一担满桶的，我只能挑半桶或大半桶。即使是这样，我也是弓着腰斜着肩地前行。就像电影《朝阳沟》里的银环，跌跌撞撞、踉踉跄跄的，有点儿滑稽。

其实，这都还不算什么，真正让我遭社员们嫌弃和无可奈何的还是种田插秧。种田插秧是个技术活儿，不是你有三分蛮力气就可以胜任的。横平竖直，路路相通，成方成块。

那时节的桐乡农村种的田是双季稻，也就是一年两熟制，分早稻与晚稻两种。早稻清明里插秧到七月二十号左右收割，收割完了要马上耕田插秧种上晚季稻。所以，每年这个时节就像打仗一样，分秒必争，没日没夜。到了双抢季节，村民们就连烧饭的时间都没有的，全民动员，全家动员。男女老少没有一个闲人，上至七八十，下至七八岁，只要能动弹的都会派上用场的。

第一年的"双抢"我就是以战斗的姿态参与的。清晨早早地起来，做上一大锅饭，以保证可以吃上一天的量。因为我没有家人可以给我送饭到田边地头，只能抽一个空隙时间，箭一样地飞回来，从锅里盛出一碗饭，用开水一泡，佐上父亲来看我时带来的咸榨菜，呼噜呼噜地一碗饭下肚，一抹嘴，又跑步前进到田间地头。

说得那么紧张，其实，我还真不是主要的劳动力，也干不了像插秧这样的技术活儿。

一开始，生产队长也没有把我给边缘化，也是一本正经地把我安插在插秧的队伍里的，而且还是最好种的中间。阿根队长说，中间的田泥土比较软，秧好插些。

刚下田，小队长阿根先给我做了一个示范。七棵秧起头，横是一手掌宽，竖也是一手掌宽。从左到右，一行一行下去。要注意脚下，双脚沿着直线往后退，还要用腰带动身体，不能乱抬脚乱动弹。

按着小队长阿根给我起好的头，我下到了水田里。按照要领依样画葫芦地一本正经地干了起来。不多一会儿，我就听见阿根队长的吼声了："加快速度！你要被关秧门哩！"

我抬起头一看，四周已经没有人与我同行了，我已经置身于一片绿色的海洋里了。我低下头开始加快速度。

隔壁田里，阿根队长又在大声吼了起来："看看看，你种了几棵秧苗啊？自己数数！"

我定睛一看，一、二、三、四……怎么是九棵啊！阿根队长说："种下的就算了，下面注意了。"

我"哦"了一声，继续种。忽然，我发现自己的手已经不听我的使唤了，有点儿抖抖索索的。

"哎！你怎么又稀稀拉拉的啦！变成五棵了！"被阿根队

长这么一说，还真是，我面前种好的秧苗，还真是只有五棵。我有点儿灰心，也有点沮丧。看着已经快要到田的另一头的社员们，我的眼泪唰的一下下来了。

看我这架势，阿根队长让我从田里出来，他下来帮我完成剩下的任务。

第二天，还是插秧。阿根队长怕昨天的事故重演，排队下田的时候让我排在最后一个。有多余的田就让我种，没有的就让我在田塍上给大家倒倒水，抛抛秧苗什么的。

昨天的腰酸背痛刻骨铭心，我也乐得这样。可不巧的是，轮到我，刚好还剩下田塍上的一溜。我正在田塍上愣着呢，本来已经下田的人们又都哄笑起来。我不知道她们笑什么，自顾自挽了挽裤腿儿下到了田里。身后，有个别女社员在骂阿根队长了。

吸取昨天的教训，我认认真真地在田的开头插上了七棵秧。插着插着，我发现靠田塍边上的土块十分坚硬，刚插下去的秧苗，不一会儿就全都浮起来了。再用手指往深里戳戳，下面的泥土坚如石块般，根本没法插下去。

我抬起头望望浩浩的田野，一边插秧，一边说说笑笑的其他社员早已到田的另一头。面前，只有那一片绿油油的秧苗在我脚边的水中漂来荡去的。我气馁极了，一屁股坐在了湿漉漉的田塍上，把头深深地埋在两腿间。

最后，还是一帮女社员帮我完成了任务。她们一边帮我插着秧，一边还在使劲地嗔骂着阿根队长："阿根个杀呸，明明知道田塍边上的地牛耕不到，手扶拖拉机也耕不到，全靠用铁箪来扎扎的。合着让一个知识青年、街上人来种。坏腔十足！"被女人们骂的阿根小队长不生气，只是站在田塍上憨笑。

从那以后我就再也没有下过田，当然也就没有插过秧了。村里的生产再忙，阿根队长在分配任务时，就不再将我拨在他的算盘珠子上了。给我一本本子，记记工分，晒晒稻草，给社员送点儿浓得发苦的老红茶。有时，将我和一帮小孩分工在一起，我也竟然觉得自然而然。至于乡亲们嘴里常说的"插秧插得快（快：在桐乡方言里发'挎'的音），嫁得好人家"的观念，更是觉得跟我没有半毛钱关系的。

　　若干年以后的日子里，问我别的农活我还可以，要是问种田插秧，在整个下乡当知青的历程中也只有这两个半天的经历。一个半天是从七棵插到九棵，再从九棵变成五棵，经历被"关了秧门"出不来的尴尬；还有一个半天即是"田塍边漂浮起来许多秧苗"的景象。

　　所以，社区若要我参加插秧比赛，我是说什么也不敢应承的，只能在手机视频里为参加的选手加油鼓气了。

曾经的濮院兵团丝厂

濮院的兵团丝厂在濮院的土地上可算是无比辉煌过的。

首先，是它的规模，在濮院的历史上也许是没有过的。我没有考证过它的占地面积，但在我十二岁那年第一次跟随父亲来到正在筹建中的厂区的时候，只觉得从东通向西的那条水泥厂道遥遥的，一眼望不到头。

再有就是它的建制。大国营，党委级，国家二级企业。

濮院丝厂最早是由建设兵团投资建造的，所以，大多数的老濮院人还是习惯称它为"兵团丝厂"。兵团丝厂一开始的管理都是军事化与半军事化的，管理人员也大都是从全军区各地抽调来的穿军装的军队干部与一些已经脱下军装的地方武装干部。而操作工人即是从全省乃至全国各地抽调上来的比较优秀的兵团战士。那些兵团战士，十八九二十啷当岁，风华正茂，给整个濮院镇增添了不少朝气。再加上大部分的兵团战士操着杭州或外省、市的口音，这就使这片厂区更加充满一种另类的色彩。

父亲是最早一批参加兵团丝厂的筹建人员，我们家就住在兵团丝厂的家属宿舍楼里。因此，如要计算住厂龄的话，也许我不会太短。

从农村抽调上来以后，因为是兵团丝厂子女，我就直接进了当时的兵团丝厂当工人。当时进丝厂的编制也是分好多种的，如除我进去时的身份是"全民正式工"外，还有编外的、临时的。我没有从事过人事部门的工作，也弄不清里面到底有多少道道，反正我是编制最好的那种。

初进兵团丝厂我就被通知成为培养多工种和多面手工作的人选。也就是说，从茧子进厂后的第一道工序选茧开始，到最后的扬返、打包出厂为止。当然，烧锅炉与机修除外。

从一颗茧子到白厂丝，大概的工序是：选茧—煮茧—送茧—缫丝—落丝—抽检—扬返—编丝—绞丝—打包—出厂。也就是说，茧子进厂前是经过熏蒸过的，要不然会出飞蛾，那样就缫不出丝来了。到了选副车间以后，茧子通过输送带输送到一排坐着的工人面前。选茧工必须眼明手快地从中间拣出次茧和坏茧，还有那些双宫茧、黄斑茧和那些在熏蒸前就出了胡子的洞洞茧。

精选完了以后的茧子就会送到下一道工序的煮茧车间。煮茧是用蒸汽来完成的，一个站在高高操作台上的工人将一包包扛上来的茧子用大号水勺一勺一勺地放进从面前经过的铁笼子，翻盖，盖盖，重复来往，让雪白的茧子进机器里煮透后，再由下面的接桶工接住，叠放在一辆小推车上，让送茧工送到缫丝车间缫丝工人的车位上。

丝厂的缫丝车间是整个丝厂的重要车间，技术工种。当一个合格的缫丝工人是要经过严格的培训的。只有经过培训的人合格了，才能上缫丝车，即使是这样，也得有师傅带着才行。我在缫丝车间学习缫丝的师傅不仅长得十分漂亮，而且技术也十分精湛。其实，你要想知道缫丝车间技术好的工人，不用问，看看在车头上挡车的就一定是。一排缫丝车弄堂很长，有一二十部连成。坐在车头上的那位，一定是班组长或谁的师傅了。

我的师傅叫建灵，姓什么已经记不得了。但从她第一天开

始带我的严格态度，就使我难以忘怀。

师傅首先教我的是穿瓷眼。细细的茧丝是通过瓷眼过去的，你必须要将七八根拼起来的丝在嘴巴里抿了，捏住了，稳稳地穿进瓷眼。一台缫丝车二十个绪头，不但要学会穿瓷眼，还要学捻、添、打结等基本动作。

我们这几个人虽然被冠以多工种的操作人员，但总是要有一个归属部门的，我就归属于后道工序的扬返车间。

扬返车间里与前道工序缫丝不同的是，不用整天将自己的双手浸泡在温热的水里，以致产生手被泡白、泡涨，皮肤溃烂等问题。

但到扬返车间工作会面临体力消耗的问题。当时发定量粮票，扬返工种比人家要多出个两斤来，就是一个很好的说明。为了家里的粮食够吃，我是很愿意留在扬返车间的。

一个扬返工管理的车位也是二十台（碰到厂房的廊柱间隔就是十八台），与缫丝工不同的是，这二十台是整个一条车弄堂。我们戏称它们为一列火车，一个操作位叫车厢。扬返工是将从缫丝车间送过来的小籆上的丝放在车位上，返（我老是觉得应该是"翻"，可车间门口写着是"扬返车间"）到车厢里的大籆上。一个缫丝车上的丝是二十个绪头，也就是有二十个小籆；一个扬返车厢可以返五片丝，那一个人的产量就需要两个车厢十片丝。

一个熟练的扬返工也是需要眼明手快的，不仅要练习五指上丝法，重头戏是要学会打结。说起打结，那可是一个扬返工的基本功。扬返工技能技巧比赛比的也是一分钟里能打多少个打结。打结，可以分为两种，手结和口结。手结很好理解，就是将下面小籆上的丝头与大籆上面的断头扯在一起打上结。这样一来就有一个问题。打结时，除了用刹车装置刹住飞转的大籰，还需用胳膊肘按住大籰，让它固定住，以免返上去的丝斜一边，给处理下道工序的编丝工造成麻烦，严重的还会生成次品。而且，手结在咬断丝头的时候，往往会达不到规定要求，不是长了就是短了。长了，在织成的绸缎上会有一个个的兔耳朵；短了，不知什么时候就会散开，丝绸上就会出现一个洞洞，那样就更糟糕了。所以，不知从什么时候开始，有了个创新的发明，就是打口结。同样是在机器上打结，打口结时，是将车底下小籰上的丝头含在嘴里，右手捏住大籰的一个角，把用左手在大籰丝片上找出来的断头同时放进嘴里，然后在口腔里用舌头旋转打结。因为用舌头打结的距离是固定的，因此，打出来的结在咬断丝头时，长短恰到好处。

为了练好这个打口结，一开始的疼痛是难以用言语来表述的。但那也得练，直到练成飞快的速度才行。现在回想起来，真的有点儿不可思议。并且在车弄堂里嘴里咬下来的丝头还不能乱吐，怕飞到车厢里的丝片上去。要等忙完了全部工序才能按规定吐出丝头。一台扬返车五个小籰子，一条车弄堂二十台车；两个小籰子是一片成品丝；再加上中间的此起彼伏的断头；正常的是一个小籰需要两个小时的扬返时间；一天八小时的工作时间。想想，一天得打出多少个口结出来。

好在我在车间里的时间不长，好在那时的我们还十分年轻，好在我们对那个年代无怨无悔。虽然那时的老年人经常会对我们说："世上三大苦，打铁、缫丝、磨豆腐（也有说打铁、摇船、磨豆腐的）。"但是我们并没有觉得什么，依然青春焕发出光芒，创造出更多业绩来。

我们只知道，厂里生产的梅花牌白厂丝是出口为国家创造外汇的；我们还知道，厂里生产的白厂丝是可以为国家国防出一份力的（有说我们生产出来的白厂丝是制作降落伞的绝佳

材料）。

　　所以，我们的青年工人可以在工作之余排演出话剧《于无声处》，可以在篮球场上生龙活虎地一展身姿，可以在露天播放电影时肆无忌惮地放声大笑，可以在自己的礼堂里尽情欢快娱乐，可以敲锣打鼓地庆祝自己制的白厂丝达到高品位的六A级。甚至可以为释放自己的青春醋畅淋漓地打上一架。

　　就在不久前，我和我的兵团战友们又一次来到了这块已经成为古镇有机更新旧石材堆放地的厂区，荒芜的场景并没有使我们忘记以往，一点一滴的清晰回忆仿佛就在昨天。

　　再在不久前，我和同是扬返车间工人的小燕姐一起聊天时，都说自己在扬返车间坐下病了，到现在还有梦时常会出现在脑海里：不断地巡走在车弄堂里，不断地五指上下接丝头，打手结，打口结，拖小簺，落大簺。将闪着银光的白厂丝化作漂亮的绸缎，化作白蘑菇般的降落伞……

情人节里的玫瑰花

不知从什么时候开始，外面都时兴过个情人节什么的。一到这个节日，就会有人开个暧昧的玩笑什么的，也有心虚的人变得讳莫如深起来。不过，作为女人来说，私底下那颗小心心还是希望有人可以重视自己一下，收到一点意外惊喜的。

我没有那个福气，因为结婚这么多年了，家里的那个男人既不浪漫也不幽默。就连谈恋爱时在街上走走，你偶尔想撒撒娇，拉一下他的手，他都会紧张地说："哎哎哎，让人家看见！难看吧！"然后，他在头里走，我只好灰灰地跟在后面。有时候我说话难听了，他还振振有词地说："你以为油嘴滑舌，花花头头的男人可靠啊？！对一个人好不在嘴上，看他怎么做就是了。"

这个嘴上没抹过油的男人，除了工作以外，就是看医学类的书，有时也像模像样地帮你做做家务。

许多年后的一天，是个情人节，我跟他开玩笑地说："结婚这么多年了，孩子也这么大了，今天恰好是情人节，你送我一件礼物可否？让我高兴高兴！"

他很惊讶地抬头问我："难道你日子过得不高兴？再说了，这个情人节又不是我们中国的传统节日。我们的情人节是七夕啊！"转而又说，"七夕也不吉利的。"说完就出门上班了。自然，那年的情人节又是一个灰灰的没趣的一天。

第二年的这个日子，我接受了教训，提都没提。因为我知

227

道提了也是白搭的。可让人意想不到的是，中午下班时分，这个男人竟然在饭桌上放上了两朵红艳艳的花。还说："喏，一朵给你，一朵给女儿。省得你一到这个日子就说。"我的天！这莫不是在小区花坛里掐的月季啊！一问，还真是。我哭笑不得地跟他说："你掐花坛里的花也就算了，情人节怎么还给女儿一朵花啊？！"

他诧异地瞪大眼睛问："女儿不也是女的吗？"完了还嘟囔着，"你们这些人也真是的，这花是当吃啊还是当用，这几天到花店里买花的都是要被斩冲头的。"看我一脸的懵懂，他又说："你喜欢玫瑰的话，我放一首邰正宵的《九百九十九朵玫瑰》给你听好了。"嗨！这个男人我真的无语了！我没好气地对他说："我是女的，女儿是女的，是女的你都送花，你们单位里这么多女的……"

还没等我说完，他就睁大眼睛看了我一下。在他眼里，我分明读出了他觉得我不可思议的心理。

在以后的任何日子里，一切的浪漫似乎是都与我无关。生活中没有浪花的波澜，我就在我的文章与诗歌里尽情挥洒。

又一年春节后，也是情人节，当我在外面忙完所有的事回到办公室，刚要坐下喝口水，就听到外面有快递要签。我还没有起身呢，一个捧着一大束鲜花的快递员就来到我办公室里了。我诧异地问："你是不是送错地方了？"因为我的办公室里就我一个人，一张办公桌。快递小哥坚决地说没有，还让我看了看签收人的名字。

是我，没错！可又有谁会在这个日子里送花呢？我有点慌乱，甚至还有点心虚。不会是哪个开玩笑的开大了还是怎么的。

快递小哥等着我签收呢，而我此时写字的手写出来的字真的有点儿难看了。

花摆在我的桌子上，有点儿扎眼。我没有欣喜，只是有点儿忐忑。脑子里的引擎快速开动着，想想，哪个不着调的会开这种玩笑。还希望那个快递小哥能转身回来，告诉我他的快递送错了。可是，一切都没有出现，也没有发生。只是进进出出到我办公室里来办事的人，都发出惊叹的声音："哇！你家老公真浪漫啊！这么多的玫瑰！好多钱的吧！"那个时候，我想我脸上的肌肉一定是最尴尬的，表情也是不知所措的吧。

中午回家吃饭时间，老公有个急诊没有回来。吃了点早上剩下的食物，和衣午休了一下，下午便早早来到办公室里。我不是没有想过要给老公打电话问一下，问是不是他买的花，再说，按他的脾气根本没有这个可能。多一事不如少一事，不去想这件事了。要命的是，在这时，办公室门又被那个花店送花的小伙子给推开了。

这下我真的憋不住了，大声问小伙子："你怎么又来送了？"小伙子似乎是被我吓到了，说："老板让我送哪儿就是哪儿啊？"也行，我签了单子，让小伙子把花放下。

好在这个花店离我的办公室不远，也好在这个花店的老板与我十分熟识。等送花的小伙子走后，我立马打电话问花店老板。

花店老板在电话里说："第一束鲜花是一个男的来买的，第二束鲜花也是一个男的来买的。"

"这不是废话吗？"我没好气地吼了那个老板一句。

就在这时，花店老板又在电话里说："不会是你老公的，你老公我认识。"说完还哈哈哈大笑了起来。不过最后她还是给了我一个建议：打开看看插在花里的是否有标签或什么东西。

我连忙从第一束花里找，那个除了插着的标签以外，还在一张十分精美的卡片上写着："送上春天的问候。迟到的感谢！感谢你对我们单位春节文化艺术节的大力支持！"我突然

想起春节前帮一个单位写过一个快板说唱，并亲自帮他们排练，直到演出结束。再仔细一看，那束花里不单单是玫瑰，还有百合与康乃馨等等，只是早上没有看清罢了。

我又连忙在第二束花里找。这束花里倒是明明白白地写着："情人节快乐！"几个字。嗨！第一束花的谜揭开了，第二束花又让我费尽了猜疑。管他呢！有人送花总是好的，也在心里小得意一下，小虚荣一下。

下班回到家，我照常做饭菜、做家务。但白天的事我还是想和他说一下，一来我是要表示我的坦荡，二是要借机刺激他一下，你不给我送花，照样有人送。问问他有危机感不？我知道他不是那种小肚鸡肠的人。

他下班回来了，见我心情很好地忙着做家务，就问了一句："收到花就这么高兴？"

我心里一怔，说："你怎么知道？是我们单位哪个嘴长的人给你提前打报告了？"

"我买的我会不知道？"这会儿轮到我惊讶了，惊讶得有点儿不敢相信自己的耳朵。

看到我惊讶的表情，老公品不出咸也品不出淡地说了句："照我是不会去花这个钱的，科室里的小年轻起哄，要给每个人的家属都买上一束情人节玫瑰花。科室统一行动，我只好随大流。"听到这儿，我急急地问："你不会也给女儿买了吧？"

"哪里，女儿是前世的情人，老婆才是永远的情人。不过这句话不是我说的啊，是我们科室小钱告诉我的。"

嗨，不解风情的老公，有些话既然你已经说出来了，能不能不要再强调是谁说的啦！

不过，我还是要感谢这束情人节的玫瑰，让我的心情美丽了许久。

田野间的那几只白鹭

　　从我现在居住的家里到市里，在临杭大道开通前，似乎就只有一条公路可以直达。这条叫"桐德公路"的双向四车道，十分秀美，沿途的风景犹如画卷一般。特别是走在去年年底新修好的标准柏油路上，就有一种在画中穿梭的感觉。

　　但在南面的临杭大道开通以前，不管是大车、小车、工程车还是其他车辆，都是要从这条道上进城的，所以，堵车就成了家常便饭。你开着车，在车载音响里传来的交通播报中，这个路段的拥堵播报与交通事故的发生是经常的。如节目在播报其他路段车流量大的时候，会提醒驾驶员注意绕行。而我们每天必经的桐德线就是"华山一条道"了。无论是碰到堵车、修路，还是发生了交通事故，如你这时出门，就只好老老实实地在长龙般的车流里等。所以，早上吃早餐的时间里，都会有一种声音："抓紧时间，早五分钟出发，一会儿路上堵！"每到这时，家里上班的、上学的都会匆忙起来。或谁先出门了，也会来个前方通报，通报一下前方路况怎么样。

　　日子久了，我就会想着哪里有条近道可以绕出去。于是，我就开始寻觅。

　　首先能够想到的就是通往每个村的村道是一定可以绕出去的。这里需夸赞的是：桐乡的新农村建设真是十分不错。虽说是村道，但都是经过水泥硬化了的。车在上面行走，一点儿都不会觉得颠簸。

就这样，我在遇到路堵又急着赶时间的时候，也应急地开过几次村道绕出去过。

村道清净，也很少有车辆经过。但开了几次发现，村道之所以叫村道，是因为它不够宽阔，有点儿狭窄。也许在村道的设计时就没有想过让车辆通过，特别是外来的车辆。

在村道上行驶，虽然清净，但突遇在村民自家的稻场上也开出一辆车或碰到前方也来车，特别是在两车交会时，就有点儿紧张。

两辆小车还可以勉勉强强地过。如遇上一辆越野或其他大型车就有点慌兮兮的。有一次，我就把我一侧的车轮胎尽量地靠在路基上的杂草上，而路基下是一条水沟。对面那辆车从我侧面经过时，我整个人的身体都是绷住的，仿佛这样不动，我的车才没有被他别下水沟的可能。

除了两车交会，还有就是路边的桑树地里或通往家里的小路旁，冷不丁地就会窜出几只猫猫、狗狗什么的，更让人汗毛直立的是，一些正在地里干活的村民，会突然探出个身子来，那真会把你吓得头皮发麻，手脚不听使唤。我就碰到过一次，把我吓得拿着方向盘的手，从指尖麻到了头顶。

这样走了几次后，心里老是觉得不得劲儿。你开在村道上太空旷，浩野万分，有的时候你开一路都不会有一个人出现。开着开着就有点儿自己吓自己：我是不是开错地方了？

好在南面的临杭大道竣工通车了。车辆的分流，大型运输车的禁止通行，使得这条桐德公路畅通了许多，至少堵车的情况已经很少出现了。所以，也就没有必要再弯弯绕绕地开到附近的村道上去了。

以后的日子很平淡，要进桐乡城或回家，径直沿桐德公路。一天，要到社区服务中心去打疫苗，而我打完疫苗的直接反应就是有点儿嗜睡。为安全起见，让家里掌柜的给我开车。

也是沿桐德公路行进，可是走了没有多一会儿，我家掌柜的把车头一转，左转进一条乡村道路上。我没有过多的反应，只是把心收缩了一下。问他："现在又不堵车了，干吗还走村道？"他也没吭声。

车一拐进村道的路口，我就觉得眼前豁然开朗了起来。双向来去两车道，标标准准，乌黑发着光亮的柏油路上画着清晰的白线，宛如一条龙向前延伸着身体。路的两边，植被茂密得就像起了一道绿色屏障，中间还间或着种上了一些花树。

透过树木林立的间隙，一大片一大片的水田向远方伸展开去，极目处，只觉得与天边、与村庄连接在一起。有几个天然气安装工人在桑树地里掘地埋线，有一个戴着草帽的人影在吐着红穗穗的玉米地里若隐若现，还有几声鸟鸣在我车窗前箭一样地掠过。

汽车又继续行驶了几分钟。忽然，绿得如地毯一样的水田里，有七八个白点点出现，排列十分整齐。我脑海里闪过：这是放在田里的电力设施？植保设施？反正现在种田也高科技化了，放什么都是有可能的。不一会儿，我看到一个白点点稍稍动了一下。然后，又多了一个白点点加入进来。我让家里掌柜的把车开得慢一点儿，用我的好奇心看清那白点点到底是什么？家里掌柜的咕哝着说："还是早点儿去打疫苗，一会儿人会多得不得了。"

车虽然匆匆而过，但我还是看清楚了那是几只白鹭！因为车拐弯时我与白鹭的方向直线了，而其中一只白鹭是在空中用翩翩起舞的姿势刚刚加入的。

那白鹭在浓绿的水稻田里显得特别洁白，我心一颤，有一种想写诗的冲动。

江南的六月是极美的，江南梅雨季的农村尤其美得出色。你会醉得很深，在醉的同时，心又会有醉得柔柔的感觉。

　　身置浓绿中，闭眼，一口深呼吸，幻想着可以仰身躺在绿色中。然后将自己的脑海开始放空，使自己的身体轻飘起来，成为自然景色中的一部分。

　　许多天以后，从市区回家的路上，我特别认真地记住那个可以右转进去的路口。决定自己一个人进入那条村道，再去感受一下美景，特别是去看看那几只白鹭还在不在那片绿色的田野。

　　车行几分钟以后，我又一次穿梭在画中了。不远处，田野里的几个小白点还是那么端端地有序排列着。我找了一个路边的庄户人家稻场靠边停下了车，决定一个人好好欣赏一下白鹭，在我看来这些近似于精灵的高雅生命。

　　怕惊动了这些白鹭，只能站在田塍边远眺。

　　大田的中央离我很远。我用眼睛和心里默数着它们的数量。一、二、三……一共六只白鹭在那里歇息着。就在这时，又有一只白鹭从空中盘旋而来。它落地的姿势很美，也很轻盈。一落地，就自觉地排在队伍的尾部，然后从颈部发出一种声音，仿佛是在与家人交流着什么。

　　七只白鹭都娴静地在田塍上歇息，浓绿的稻田，雪一样的白鹭，加上天边的蔚蓝与几丝丝飘来荡去的白云。偶尔，在我眼角斜睨处可以看到似青年小伙一样茁壮的玉米秆子。

　　我眼前的画面里是唯美得不像样了！此时，我恨起我自己来，恨自己不是一个画家，也不是一个摄影家，不能把这些画面完完全全诠释出来，永久地留下来。

　　夕阳开始西斜了。一道金光淡淡地涂抹在了白鹭的翅膀上，排在头里的一只白鹭开始移动身子，将自己一条纤细的长腿伸进了稻田的水里，水里立马有了涟漪；一只白鹭开始飞了起来，盘旋了一小会儿，又折回原地，跟其中的几个说了些什么。我把这个场景人格化了一下：那个在稻田里用长腿荡起涟漪的是这家的女主人，而那个盘旋又折回的一定是孩子们的父亲。

从远处田塍里走出来一个带着凉帽的老伯，背着的草箬里满满都是透着鲜香气息的糯玉米。

老伯背上的东西有点儿重，脚步也是重重的。

白鹭们开始扑扑棱棱起飞了起来。起飞的一刹那，我看到每个白鹭的脚上都穿着一双红靴子，十分漂亮。

老伯一脸汗津津地走到我的面前，问我："立在田塍上看啥呢？"

"看鸟。"我说，"这里鸟真多。"

老伯擦了擦脸上的汗，说："这有啥稀奇的。现在环境好了，这里鸟多得来，整天一批一批的，啥个鸟都有。"

我知道，老伯不会说生态啊、环保啊这些比较拽的词，可他说，环境好了的时候是由衷的。他还告诉我，现在村庄整洁了，垃圾也分类了，村民也不会张牙舞爪不讲道理了。

我用十元钱向老伯买了一袋刚采摘下来的，还带着青白外衣的糯玉米。付钱时，老伯打开了他的手机微信二维码让我扫一扫。

回到家里，下锅煮玉米。玉米棒顶上的那几丝红须须飘附在洁白的玉米粒儿上，我又想起了那几只田野里的白鹭，以及白鹭起飞时的"红靴子"。

那只过来感恩的鸟

　　手机对于现下的人来说，真可以说是万能的，已经达到"机"不可失的地步了。

　　出去旅游，离开酒店检查一下自己的行囊，多数人会调侃自己只注重三样东西：自己本身，身份证，还有就是那个仿佛是自己身体一部分的手机了。

　　也是，身份证是证明自己身份的重要证件，而一部手机简直就可以说是全部身家了。

　　手机是万能的，但也可能成为一个可以害人的工具。比如玩手机会上瘾，玩手机熬夜伤眼睛又伤身体等。不说别人，我自己就会把手机每时每刻地放在身边，隔个几分钟就会拿起来看看。刷微信、刷视频、刷头条；从群里聊天，到妄想成为某个自媒体的粉丝。长期看手机，不仅眼睛已经眯成了一条线，似乎还养成了一种强迫症，每次打开手机总是要将所有推送消息的红点点给灭了才会安心，并会把朋友圈里所有消息也会都点一下。还自诩为：皇上批一下奏折。

　　知道弄手机会浪费大把的时间，太耽误事儿，所以就会时时大声呵斥孩子，反反复复给孩子讲弄手机带来的危害。刚说罢，一扭头，自己又会拿起手机来看信息。还跟孩子反复强调：大人的大多信息或联系方式都来自手机，不看就会延误。

　　手机成了生活与外界沟通的主要工具了！忽然有一天，我在车载音响里听到一首我们在青春时期的老歌，其中有一句歌词唱道："外面的世界很精彩，外面的世界很无奈……"

外面的世界无奈不无奈是那个歌唱人的心境，而外面的世界很精彩，那是一定的。于是，还是拿出手机开始联络几个长期没有相聚的好友，准备一起看看外面的世界去，相聚一下。

相聚是在一个好友的农场里，相聚的主要目的也是为了一个"吃"字。刚一进农场的大门，就看见好友们忙着拿出各自带来的食材，准备在土灶头上烹饪，加工成美食。

或是刚打完第二针疫苗，我有点儿小嗜睡，胳膊有点儿酸胀，好友们竟然把我当产妇一样对待，不让我动手。

闲着也是闲着，带着几个号称自己什么家务活儿也不会干的人去走走看看，看看农场里的风景，养养眼，换换心情。

我的数字概念很差，自然不会估算单位面积，但这个农场的面积还是让我觉得有点儿空旷。

农场有鱼塘、有柳树，也有各种各样的花花草草。但最先映入我眼帘的是那一片片的蔬菜地垄。

农场主是一个讲究人，从那些横平竖直的地块就能看出他比较规矩。紫色的茄子并没有因为前几天的几场大雨而倒伏，而是肥嘟嘟的透着夕阳反射出来的光；艳红的西红柿也是；吐着红缨穗的玉米也是。更让人觉得新奇的是，高不过齐腰的十几棵水蜜桃树上竟然密密地结了许多果子，半红半青的，努着小嘴。表皮上轻盈地浮着的一层绒毛，让我突兀地想起了一个二八大姑娘，或"人面桃花相映红"的诗句。

一起过来的美女被桃子欲滴的状态惊艳到了，也把脸色涨到了桃粉色，想把其中的一个桃子摘下来，放到手掌心中，以农场的夕阳为背景，拍成美照，发个朋友圈。我想象着那张照片拍出来应该是极美的，因为美女的各个神态跟景色都很匹配。

美女手中小包包的口子是张开着的，大家都鼓励美女拍完照以后可以将桃子放到包里，拉上拉链，农场主是不会发现的。毕竟，桃子还没有成熟，还有点儿青涩，不宜采摘。

就在我们几个的神情专注在桃子上的时候，另外几个一起游荡出来的同人却不见了踪影。

弯过了一片甘蔗林，看见那几个同人一起蹲在地上不知道在研究什么东西。"走，我们过去看看他们发现了什么奇珍异宝了！"

还没等我们走近呢，就看见一张网拦在他们面前。我们远远地大声喊道："有网你们过不去，绕过来！绕过来！竹园边上有条小路，四通八达的。"那些人并没有理睬我们，继续埋头干着什么。

好奇心驱使我们飞奔了过去。

那是一张罩在果树上的网。也许是昨夜的狂风暴雨，网的一角耷拉在地上，在夕阳即将西下的风中飘来荡去的，两只鸟儿在网上无力地挣扎着。我看清楚了：一只体型大一点头上有一片白色的鸟我叫不出名字，而另一只是最常见的叽叽喳喳的麻雀。

大鸟被黏在网的上面一端，而麻雀是被黏在网的底部。

当我走近时，我看见了那只大鸟向我投来一束无助的目光。我心一颤！想那鸟儿如果与人的想法一样的话，此时它一定是在向过路的所有人求救，因为它的呼叫声透着许多的凄厉与无奈。

好友中的一位帅哥半弓着腰用手轻轻地解救那只大鸟，又指挥他的爱人小心翼翼地从网上把那只麻雀给取下来。

要想从那张不知道网格为几目的丝网上将鸟儿取下来，还真不是件容易的事。鸟儿的头是穿过网目的，由于挣扎，翅膀上的羽毛七搅八绕的都打成了结。要想把鸟救下来，就得一点儿一点儿地先将鸟儿的羽毛捋顺了，然后再一点一点地推送出来。

也许，这只鸟儿知道有人来救它了，竟然在整个过程中没有挣扎，也没有哀号，只是轻轻地发出一阵阵微弱的鸣声。

夕阳已经快要落到地平线以下了，本来瓦蓝瓦蓝的天空上也涂上了一层淡淡的黛青色。远处，那些在土灶头上烹饪美食的同人们开始用手机一遍一遍地打电话催促我们回去吃饭。还有一个心急的，站在池塘边用手在嘴边拢着声音喊："再不回来，我们就吃完了！"

我突然想起小时候母亲喊我们回家吃饭的场景。也是这样的夕阳西下，也是这样的风光美好。我们知道，母亲是不会把好吃的吃光的，一定是等我们回来以后告诉我们，她自己吃过了，等我们狼吞虎咽后，一边收拾碗筷，一边将碗里的剩饭、剩菜撸到嘴里。被我们发现了，就莞尔一笑，嗔怪我们姐弟几个取笑她的表情。

为了不让那边聚餐的人等得急，也不让主办的好友没面子，帅哥吩咐我们几个看热闹的先回去吃饭，他们再为这些鸟儿努力一下。

天终于黑了下来，农场的灯光放射出一片柔柔的橘色。大家在大快朵颐的酣畅中，相互谈论着来自网络与现实的各种信息。然后就是拍照，发朋友圈。我忽然想起了那两只鸟儿。就轻轻地跑过来问那个帅哥："那两只鸟儿后来怎么样了？救下来了吗？"帅哥有些激动，眼睛盯着自己的爱人，说："救下来了，我把那只大鸟救下来了，她把那只麻雀也救下来了！"

末了，帅哥又有点小激动地说："鸟儿也知道感恩，我把那只大鸟救下来放飞时，本来都飞出一小段了，又从天上盘旋了一下，回来在我的头上啄了两下。"一边说着，帅哥还用手在自己头上"啄"了两下。

我的眼睛离开了饭桌，将目光投向了黑夜。不知现在那只鸟儿有没有到家，见没见到它的家人，没能给孩子们带回吃的去，它会不会像我的母亲那样呈现出一脸愧色。

我想起了家里葡萄架上从不给我留下一颗葡萄的，老是歪着头朝我书房窗户里偷窥的那几只鸟儿。

晚上回到家，依然打开手机看同道的朋友在临时拉的群里相互报平安到家的信息，开始刷抖音视频。

不经意刷到了一个关于动物感恩的视频。我忽然想到了那只盘旋回来报恩的鸟儿，想到了家养的小泰迪狗蹦起来欢天喜地的迎接我回家。

翻身下床，打开手机灯光，出门看了看笼子里那只有着熊猫外表的兔子，又看了看黑夜里没有一颗葡萄的硕大葡萄叶。

一花一世界，万事万物都一样，只是我们不在它们的其中，只是不懂它们的世界。我想变成童话里的公主一样，用平等的身姿与万事万物进行交流。